V

LE TOMBEAU DES SORCIERS

OU

LA CARTOMANCIE DÉVOILÉE,

SEULE COMPLÈTE

ET NOUVELLE MANIÈRE D'EXPLIQUER LES CARTES,

surnommée

LA TRIADE CABALISTIQUE,

Au moyen de laquelle chacun peut tirer son horoscope;

SUIVIE DE LA

GRAMMAIRE D'AMOUR,

OU LE VÉRITABLE LANGAGE DES PLANTES, DES FLEURS,
DES COULEURS ET DES ANIMAUX SYMBOLIQUES,

Donnant leurs significations par ordre alphabétique,

Pour servir à la composition des Bouquets, Couronnes,
Guirlandes, Ornements de festins, Couplets de fêtes,
Dessus d'albums, etc., etc.;

PAR HALBERT (D'ANGERS).

ÉPINAL,

ET Cⁱᵉ, IMPRIMEURS-LIBRAIRES.

PREMIER TABLEAU.   DEUXIÈME TABLEAU.   TROISIÈME TABLEAU.

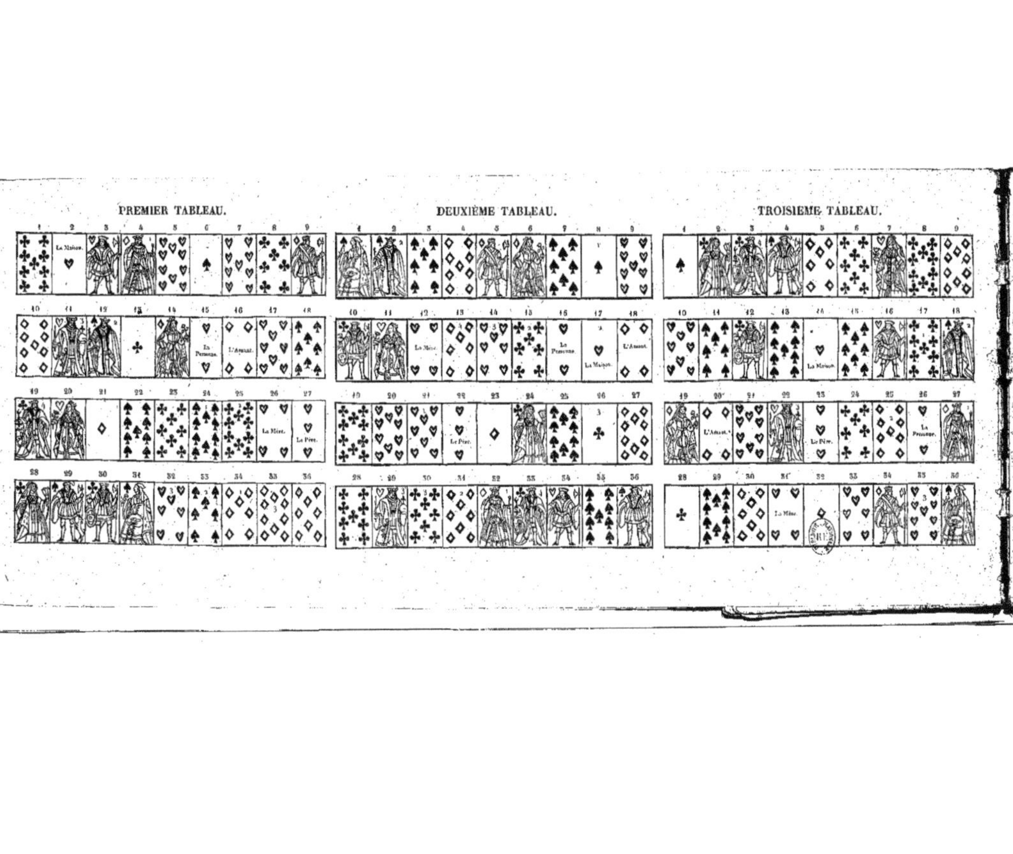

LE
TOMBEAU DES SORCIERS

OU

LA CARTOMANCIE DÉVOILÉE,

SEULE COMPLÈTE

ET NOUVELLE MANIÈRE D'EXPLIQUER LES CARTES,

surnommée

LA TRIADE CABALISTIQUE,

Au moyen de laquelle chacun peut tirer son horoscope;

SUIVIE DE LA

GRAMMAIRE D'AMOUR,

OU LE VÉRITABLE LANGAGE DES PLANTES, DES FLEURS,

DES COULEURS ET DES ANIMAUX SYMBOLIQUES,

Donnant leurs significations par ordre alphabétique,

Pour servir à la composition des Bouquets, Couronnes, Guirlandes, Ornements de festins, Couplets de fêtes, Dessins d'albums, etc., etc.;

Par HALBERT (d'Angers).

ÉPINAL,

PELLERIN ET Cⁱᵉ, IMPRIMEURS-LIBRAIRES.

1850

AVANT-PROPOS.

A MES AIMABLES LECTRICES.

Pour vous, dont le sexe a causé mes plaisirs, je ne suis point ingrat ; mes faibles talents sont un tribut que je vous dois, et que je vous offre avec toute la satisfaction imaginable ; recevez donc favorablement ce petit ouvrage, il vous sera utile ; vous pouvez, par son moyen, prévoir et prévenir les incidents nuisibles : protégez-le, puisqu'il a été publié pour vous. Je me persuade qu'il vous procurera des moments agréables, en vous enseignant le passé et le futur. Pour le passé, je vous présente ma reconnaissance ; pour le présent, je n'ose vous exprimer mon désir ; pour le futur, je vous demande l'espérance.

Je serai trop heureux si, par ce faible témoignage de mon attachement, je pouvais mériter auprès de vous et me flatter d'être effectivement

Votre très-humble et très-obéissant serviteur,

HALBERT (d'Angers).

ADVERTENCIA

[illegible]

PRÉFACE.

—

Un célèbre Cartomancien, dont le génie sublime versé dans la connaissance des langues et des sciences orientales, telle que l'Astrologie qu'il avait parfaitement étudiée, tirait, avec un succès universellement reconnu, l'horoscope des personnes qui le requéraient; et comme les Oracles ou Devins de la Chaldée et de la Grèce, il devinait et déclarait aux personnes ce qui leur était arrivé et ce qui devait leur arriver, si elles ne changeaient pas leur système de vivre et de fréquentation. Or, comme cette science est très-obscure pour une infinité de personnes, et n'est pas à la portée de tout le monde, il imagina de composer un traité de règles astrologiques, qu'il a établies sur des expériences réitérées ; il a donné la vraie manière de les mettre en exécution par le moyen des cartes à jouer, méthode qui présente tout à la fois l'agréable et l'utile. Son traité ne fut pas plutôt achevé, qu'une maladie de peu de durée l'obligea de payer le tribut que tout homme doit à la nature. Comme son légataire universel, je suis possesseur de ce traité. Je consens, avec d'autant plus de plaisirs à le publier, que je suis assuré qu'il procurera toute la satisfaction possible aux personnes qui voudront en faire usage : elles en obtiendront comme moi des succès avantageux.

Combien ne voit-on pas de gens dans tous les pays se donner pour des oracles, et tirer, avec un orgueil insupportable, par le moyen des cartes, l'horoscope des personnes crédules qui leur accordent leur confiance. Ces charlatans, sous prétexte d'annoncer du merveilleux, dépouillent l'ignorant, et en obtiennent un salaire qu'ils ne méritent nullement, vu que leur science se borne à ne dire que ce qu'ils ont appris directement ou indirectement des prétentions, des accidents, de la vie ou des mœurs de la personne pour laquelle ils tirent les cartes. Il n'en est pas de même de ce traité, puisque les personnes avides et curieuses de lire et de creuser dans l'avenir pourront elles-même vérifier, par la connaissance qu'elles auront de ce qui leur est arrivé, les méthodes que l'on propose ici; elles pourront aussi, par le moyen de cette science, éviter ce qu'elle apprendra de nuisible, et lutter contre le sort.

L'AUTEUR.

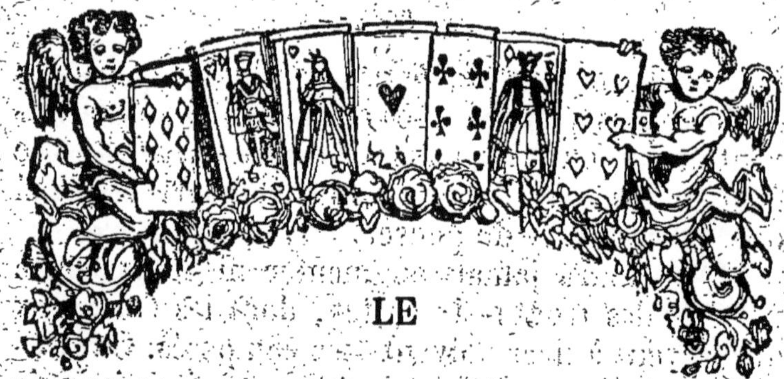

TOMBEAU DES SORCIERS

ou

LA CARTOMANCIE DÉVOILÉE.

PRINCIPES DE LA MÉTHODE.

Pour bien tirer les cartes et réussir dans son projet, on doit avoir trois jeux, composés chacun de trente-deux cartes, telles que celles dont on se sert pour jouer le *Piquet*; on joindra à chaque jeu les quatre basses cartes suivantes, savoir : le *deux de cœur*, sur lequel on écrira le mot *personne*, et on considérera cette carte dans les trois jeux comme représentant la personne pour laquelle on veut tirer l'*horoscope*; sur les trois autres basses cartes, on écrira aussi le nom des trois personnes dont on désire savoir des nouvelles; par exemple, on écrira sur le *trois de cœur*, le mot *père*; sur le *quatre de cœur*, le mot-*mère*; et sur le *quatre de carreau*, l'*amant*. En conséquence de ce, les quatre cartes

1.

qui toucheront par le *haut*, par le *bas* et par les *côtés* lesdites quatre basses cartes écrites, annonceront aux tireurs ou aux consultants leur état de fortune, de santé, présent ou prêt à arriver, ainsi que leur manière de penser.

Il ne faudra jamais augmenter ni diminuer le nombre des trente-six cartes, dont les trois jeux qui servent à tirer doivent être composés. On procède premièrement à bien mêler les trois jeux de cartes séparément, et ensuite à faire couper à la personne pour qui on tire, ou bien la personne qui tire pour elle-même mêlera et coupera. Secondement, on devra placer le premier jeu mêlé et coupé sur une table, en tirant par-dessus le tas carte par carte, en les disposant une à une, l'une après l'autre, pour former quatre rangs de neuf cartes chacun, en commençant par le numéro premier comme dans la table suivante, et ainsi de suite ; or donc :

1	2	3	4	5	6	7	8	9
10	11	12	13	14	15	16	17	18
19	20	21	22	23	24	25	26	27
28	29	30	31	32	33	34	35	36

On suivra le même ordre et la même règle pour les deux autres jeux.

EXPOSITION

DU SIGNIFICATIF DES CARTES.

Le *dix de cœur* est communément appelé l'*horoscope*, parce qu'il en est le commencement ou le principe ; mais pour former le total de l'*horoscope*, il faut treize cartes, conséquemment on devra commencer à compter depuis le *dix de cœur* qui en est la première, en quelque endroit du jeu qu'il soit placé, et du même sens qu'on a opéré pour placer le jeu de cartes, une à une, sur la table. Les quatre cartes qui sont au *haut*, au *bas* et aux *côtés* du dix de cœur, ainsi que la treizième carte, lui appartiennent, ce qui forme ensemble dix-neuf cartes pour l'accompagnement ; ensuite toutes les cartes qui sont depuis le dix de cœur jusqu'à la treizième carte, et celles qui les accompagnent, ainsi que les quatre cartes qui environnent la carte appelée la *personne*, et quatre autres cartes qui entourent aussi l'as de cœur, qui représente la maison de la personne, annoncent, en suivant les règles et principes établis et démontrés, le bien ou le mal à venir au consultant, ou à la personne qui lire elle-même son *horoscope*.

RÈGLES ET PRINCIPES

Pour apprendre et connaître l'ordre d'expliquer les cartes.

Premièrement, quand à l'*horoscope* suivez l'exemple ci-dessous pour expliquer les quatre cartes qui environnent le *dix de cœur*, et les treize cartes qui suivent, à compter par ledit dix de cœur ; savoir :

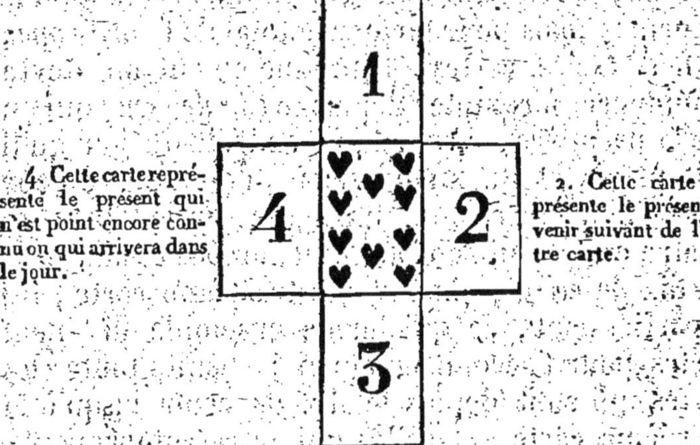

Toutes les cartes qui sont depuis le dix de cœur jusqu'à la première figure, doivent être considérées comme annonçant les événements prêts à s'effectuer ; celles au-dessus desdites cartes seront considérées comme annonçant le présent, effet que produiront ou accompagneront, en bien ou en mal, les cartes qui composent l'*horoscope* ; en un mot, les deux ensemble annonceront ce qu'il en résultera.

La première figure qui se trouvera à l'*horoscope* dans les cartes faisant partie de celles qui composeront le nombre treize, parlera par la carte qui se trouvera au-dessus d'elle, et qui est à considérer comme sa volonté effective, ainsi que celles qui se trouveront devant elle jusqu'à la première autre figure, et on les devra reconnaître en faisant parler les cartes de dessus comme l'avenir du bien ou du mal, que ladite figure fera à la personne pour qui l'on tire, et ainsi de même des autres figures qui se trouveront à l'*horoscope*. On entend ici par faire parler les cartes, premièrement, c'est reconnaître ce qu'est une carte, comme, par exemple, le roi de cœur, qui est désigné dans les cartes comme un homme-bienfaisant, étant placé à l'*horoscope* de la personne, ayant sur sa tête le neuf de pique qui désigne la mort, et devant lui le dix de trèfle, qui désigne beaucoup d'argent, et sur lequel sera le neuf de trèfle, qui signifie présent de plus, et toujours en continuant; l'as de trèfle qui signifie, touché d'un pique, succession, ayant au-dessus le sept de pique, qui représente maladie; après, le huit de cœur, qui signifie réjouissance, et au-dessus le valet de trèfle, qui signifie, ainsi placé, un ami fidèle.

Or donc, ces quatre cartes de l'*horoscope*, jointes avec celles de dessus, annonceront à la personne pour qui l'on tire, qu'un homme bienfaisant lui laisse en mourant sa succession, avec un présent considérable en argent, qu'il lui a légué par testament fait pendant sa maladie, persuadé qu'il donnera pour consolation de sa mort de la joie à son fidèle ami.

Lorsque l'*horoscope* se trouvera placé au rang

d'en bas, il faudra, pour compléter le nombre de treize cartes qui le composent, remonter en continuant de compter par la première carte du jeu, et nombrer jusqu'à ce qu'on ait atteint le nombre de treize cartes ; dans ce cas, il faudra considérer la carte de dessous le rang de dessus comme la carte représentant celle qui doit opérer avec la carte du premier rang. On suivra la même règle pour les cartes, en comptant de la *personne* pour la famille, dont on trouve ici la *règle à la personne* pour l'explication des cartes qui l'environnent. Par exemple :

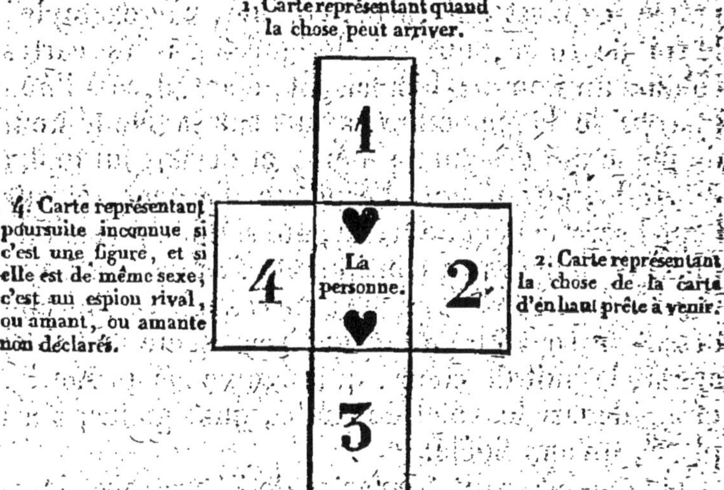

On a déjà dit et démontré que les quatre cartes qui environnent la carte nommée la *personne*, lui appartiennent ainsi que la treizième carte, en commençant à compter par elle et les quatre cartes qui l'entoureront, ainsi que celles qui sont autour de ladite treizième carte ; de sorte que ces cinq dernières cartes réunies sont toujours à considérer comme surprise de bien ou de mal que la personne n'attend pas.

Les cartes du nombre de celles qui ne sont point employées, et qui se trouvent entre la *personne* et la 13ᵉ carte, étant composées de neuf cartes de suite, regarderont sa *famille*. Il faudra compter ces treize cartes du même sens qu'on aura compté celles qui composent l'*horoscope*. Ainsi, pour savoir ce qui se passe de nouveau dans la famille de la *personne*, il faudra faire parler les neuf cart.. qui se trouvent entre elle et sa treizième carte. Pour savoir l'explication desdites neuf cartes, suivez les mêmes principes établis à l'*horoscope*; et pour éviter de se tromper, voyez l'exemple suivant, où toutes les cartes qui sont marquées d'un **P** appartiennent à la *personne*, et celles qui sont marquées d'une **F**, appartiennent à la *famille*.

	P.							
P	P.1 ♥♥	P.. 2.	F 3	F4 P	F 5	F 6	F 7	F 8
F 9	F 10 P	F.. 11	P 12	P 13	P			
				P				

On observe dans cet exemple qu'il y a plusieurs cartes parmi ces treize qui appartiennent à la fois à la *famille* et à la *personne*; et cela doit être ainsi, attendu que l'explication des cartes de la *famille* n'est point la même que pour la *personne*, considérant qu'un valet représente un frère à la *famille*; mais à la *personne*, si l'on consulte pour une fille, c'est un amant, bienfaiteur, ami ou ennemi. Les principes ci-après, mis en détail, le démontreront plus amplement.

Aux places destinées à la *famille*, il faudra considérer les rois et les dames de cœur et de trèfle comme représentant les grands-pères et les grand'-mères de la *personne*, et, dans le cas qu'ils fussent décédés, il faudra considérer le roi et la dame de cœur comme oncle et tante bienfaisante, le roi et la dame de trèfle comme oncle, tuteur et tante tutrice; et on considérera les valets comme représentant les frères de la *personne*, et, à leur défaut, comme cousins. On considérera les *sept* comme des sœurs, et, à leur défaut, comme les cousines de la *personne*. Quand aux figures en couleur de piques et de carreaux, c'est-à-dire, rois et dames, elles n'ont point d'autre signification aux cartes destinées à la *famille*, que celle qu'on trouve à l'*horoscope*, dont on suivra la même règle pour elle en toutes les places du jeu.

Pour bien expliquer le contenu des trois jeux de cartes mêlées, coupées, tirées et mises sur la table, comme il a été déjà dit, on devra premièrement examiner si le sept de trèfle n'y est point touché du neuf de cœur, et dont on trouve l'explication de ces deux cartes réunies à la *page* 25. Secondement il faudra parcourir tous les articles qui commencent à la règle, pour apprendre à connaître le caractère des maris, femmes, amants, et maîtresses, *page* 26, et les continuer jusqu'à la fin de l'explication de la position des as, *page* 55, et, après cet examen, on travaillera à l'explication de la maison, des quatre basses cartes écrites, de l'*horoscope* et de la *famille*.

EXPLICATION

De la valeur, propriété et signification, ensemble et en particulier, des trente-deux cartes dont sera composé chaque jeu avant d'y avoir joint les quatre basses cartes écrites, savoir :

Des Piques.

On devra considérer les piques comme des cartes de mauvais augure.

Premièrement. Le roi et la dame, comme des ennemis; et s'ils sont touchés de côtés, dessus et dessous par le sept de carreau, c'est signe qu'ils ont intention de faire du mal à la personne, ou qu'ils lui en feront. On verra à cet égard la règle établie pour le sept de carreau et les figures de pique, *page* 20.

Secondement. Le valet est un ennemi très-dangereux, surtout s'il est touché de son neuf, de son sept, ou du sept de carreau, et on trouvera à la place où ces cartes sont désignées, le mal qui en devra arriver.

Troisièmement. L'as de pique signifie avoir envie, ou ne pouvoir pas jouir des plaisirs sensuels de l'amour, ou bien qu'on en jouit ou qu'on en jouira ; c'est ce qu'on va apprendre à connaître par la dame de cœur touchée de tous côtés par l'as de pique. Or l'as de pique auprès d'une figure signifie avancement pour ladite figure, ou bien progrès au culte de la souveraine du royaume de Cythère. A l'égard d'une dame qui aura auprès d'elle le huit et l'as de pique, qui signifient grossesse, il faudra considérer si l'as se trouve à la place de la première carte, cela annoncera que la dame est enceinte ; s'il est placé à la seconde carte, il annonce qu'elle a envie de l'être ; s'il est placé à la troisième carte, c'est signe qu'elle a enfanté ; et s'il est placé là où est la quatrième carte, cela annonce qu'elle ne peut actuellement devenir mère, mais qu'elle s'en occupe souvent. On devra donc, pour bien expliquer ce qu'on vient de dire, observer attentivement la situation de l'as de pique auprès de la souveraine de Cythère.

1. Elle jouira de ce bonheur.

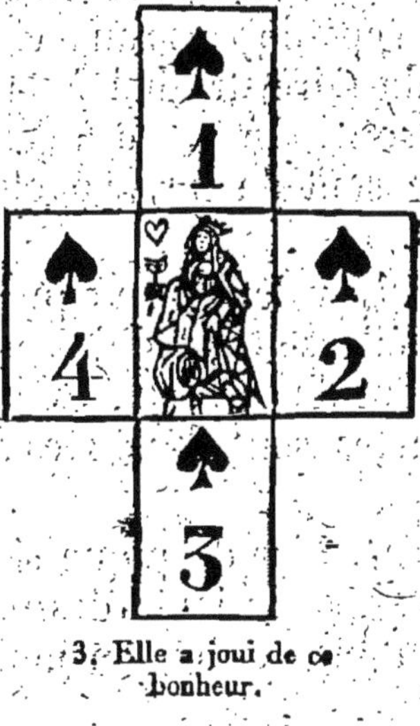

4. Elle ne peut actuellement obtenir jouissance de ce bonheur.

2. Elle a envie de jouir de ce bonheur.

3. Elle a joui de ce bonheur.

Quatrièmement. Le dix de pique signifie deuil quand il est devant le neuf de pique ou après le sept de pique, étant ainsi placé à l'*horoscope* ou à la *famille*. Il signifie du chagrin pour la *personne*, s'il n'est point touché de front par aucune figure; si au contraire, il est touché dessus ou dessous par des figures en pique et en carreau, il signifie empêchement du bien que d'autres gens veulent faire à la *personne* pour qui l'on tire; mais s'il touche de front, c'est-à-dire au-dessus ou au-dessous, à une figure en trèfle ou en cœur, quoiqu'il ait à ses côtés une figure en pique ou en carreau, cela signifiera peines qui se changeront en plaisirs; ou bien, il signifiera séparation s'il se trouve entre deux figures qui se tournent le dos. Il signifie de plus malheureux accouchement, s'il touche au huit de pique : pour un homme, c'est maladie d'amour mal guérie; et quand il touche au huit ou au dix de carreau, il signifie voyage pénible.

Cinquièmement. Le neuf de pique signifie mort. (*Voyez* carreaux, *page* 20).

Sixièmement. Le huit signifie dispute, quand il se trouve entre deux figures du même sexe qui se regardent; et si les deux figures se tournent le dos, il signifie être en procès ou devoir entrer en procès. Si le huit et l'as de pique touchent à une dame ou à un sept qui représente une fille, cela signifie que la dame ou la fille ne sont pas enceintes, ou pourront le devenir; ou amour qui est gouverné par la passion pour un homme. On peut voir cette explication plus ample à la règle établie pour les plaisirs de l'amour, *page* 17, article *troisièmement*.

Le huit de pique ayant de front et à ses côtés

roi, dame, valet ou sept, signifie personne amoureuse ; et s'il se trouve sous les pieds d'une de ces figures, c'est signe que leur passion est finie ; et quand il ne touche à aucune figure de front, il signifie larmes. S'il est touché du neuf de cœur, il signifie heureux accouchement, si on opère pour une dame ou pour une fille, en quelqu'endroit du jeu que ces deux cartes soient placées ; mais si c'est pour un homme, il signifie à l'*horoscope* heureuse naissance.

Septièmement. Le sept de pique signifie à l'*horoscope* maladie, fille voleuse, et à la *famille* sœur ou cousine. S'il est touché de son huit, en quelqu'endroit du jeu que ce puisse être, il signifie, pour la *personne*, maladie causée par l'amour. (Voyez ci-après aux carreaux).

Des Carreaux.

On devra considérer le roi, la dame et le valet de carreau comme jaloux, flatteurs et ingrats ; et si leur sept les touche, ils feront du mal à la personne en extorquant biens, honneurs et prétentions. En examinant la place que le sept occupera auprès d'une figure couleur de pique, on découvrira la conséquence de la perte dont l'exemple suivant servira de règle pour apprendre à connaître le mal que peuvent faire les figures en pique et en carreau, lorsqu'elles seront touchées par le sept de carreau. On suivra la même règle pour le neuf et le sept de pique, lorsqu'ils toucheront aux figures énoncées ci-dessus.

N° 1.

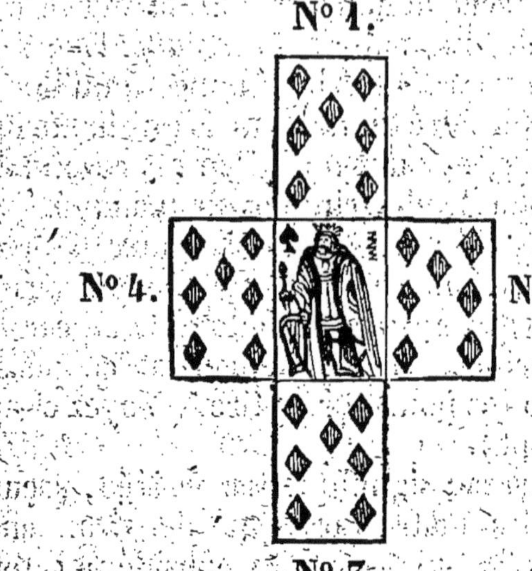

Pour savoir et apprendre à connaître l'effet que produira le sept de carreau (dont on parlera à sa place), placé auprès d'une figure de pique ou en carreau, il faudra premièrement remarquer la place qu'il occupera auprès de ladite figure, en considérant après la règle établie ci-après pour le sept. En conséquence de ce, si le sept se trouve placé comme au numéro premier, ou au-dessus de la figure, il annoncera à la personne que ladite figure a travaillé ou travaillera à lui faire du mal ou à sa famille ; et si ledit sept au numéro premier est à la place de la figure se trouvant pour lors sous ses pieds, c'est signe que ladite figure n'a pas réussi, et qu'au contraire elle s'est fait du mal à elle-même.

Si le sept de carreau se trouve placé comme au numéro 2, cela annoncera à la *personne* que ladite figure lui fera du mal. S'il est placé comme au numéro 5, cela annoncera que la figure a déjà réussi et fait du mal à la *personne*. Etant placé comme au numéro 4, cela annoncera qu'il a travaillé à vouloir faire du mal, mais que ladite figure n'a pu réussir, et qu'il ne lui en est revenu d'autres peines que le chagrin d'avoir manqué.

Si le sept de carreau touche aux figures en cœur ou en trèfle, encore qu'il touche aussi en même temps aux figures en pique ou en carreau, il signifie peines qui se changeront en plaisirs, pour la personne pour qui on tire. (Voyez ci-après pour ledit sept).

L'as de carreau signifie lettre arrivée, reçue ou à recevoir; les quatre cartes qui l'environnent en annonceront le sujet, en les considérant toutes les quatre comme les causes momentanées qui ont occasionné ou qui donneront occasion à l'envoi de ladite lettre.

Le dix de carreau signifie mer ou voyage par mer. Dans le cas de voyage, il sera heureux, si cette carte est touchée par le neuf de cœur; pénible, s'il est touché par le dix de pique; fortuné, s'il est touché par le dix ou par le neuf de trèfle; il signifie maladie dans son cours, s'il est touché par le sept de pique; mortel, s'il est touché par le neuf de pique.

Le neuf de carreau signifie nouvelle : les cartes qui l'environnent en annonceront le sujet.

Le huit de carreau signifie voyage par terre; pour en savoir la réussite, on suivra la règle du dix de cette couleur.

Le sept de carreau signifie mauvaise réussite pour chose promise ou qu'on espère avoir, s'il se trouve en même temps avec l'as de cœur à l'*horos-*

cope, et qu'il soit plus près de la treizième carte que ledit as; si, au contraire, ledit as est devant, cela signifiera que la personne surmontera tous les obstacles, et recevra satisfaction de la chose qu'elle attend. Il signifie parents fâchés contre la *personne*, lorsqu'il les touche; la place décidera de cela en observant la position du sept, et en se guidant selon la règle pour le sept de carreau et roi ou figure de pique, *page 21*. Il signifie ivrognerie, quand il est touché en même temps par le huit de cœur et par une figure. Il signifie instrument destructif, quand il est touché par une figure en pique. Il signifie fille flatteuse, espionne, recéleuse et extorqueuse à la *personne*, sœur ou cousine à la *famille*, quand il est joint aux figures de carreau. Il signifie batterie, quand il se trouve entre la *personne* et une figure, toutes les trois cartes étant de front ou en ligne perpendiculaire.

Il faut observer que les quatre cartes écrites sont considérées comme des figures, et qu'elles regardent la carte qui a été placée après elles sur la table.

Des Cœurs.

On devra considérer le roi, la dame et le valet de cœur, comme des personnes bienfaisantes.

L'as de cœur signifie la maison de la personne pour qui l'on opère; les quatre cartes qui sont autour annoncent que le bien ou le mal est prêt à arriver à cette maison : en conséquence de quoi il ne faudra pas négliger d'observer l'avenir à la maison dans chaque jeu que l'on tirera.

Le dix de cœur signifie naissance, quand il e[st]
placé à la *famille*, quoique représentant la car[te]
qui commence l'*horoscope* de la personne pour q[ui]
l'on consulte. Elle doit être aussi considérée com[-]
me une seconde carte représentant la *person*[ne]
même.

Le neuf de cœur signifie victoire heureuse a[ux]
figures qui le touchent.

Le huit de cœur signifie satisfaction, joie [de]
boisson ; quand il est auprès d'un personnage [et]
entre deux, il signifie réjouissance ou bonne an[i]-
tié ; s'il se trouve placé entre quatre figures [ou]
plus, il signifie noces, bal ou festin.

Le sept de cœur doit être considéré comme u[ne]
fille bienfaisante et de sincère amitié pour la pe[r]-
sonne, et comme une sœur ou une cousine à [la]
famille.

Des Trèfles.

On considérera le roi et la dame de cette coule[ur]
comme des amis sincères et prêts à rendre [de]
bons offices. Généralement on regardera to[us]
les trèfles comme des objets qui annoncent [la]
prospérité. Le valet, qui est un bon ami po[ur]
hommes, et un amant sincère pour filles ou po[ur]
dames, annonce un mariage fortuné, ainsi qu'[on]
pourra le voir à la règle qui apprend à connaît[re]
le caractère des maris ou femmes, amants ou ma[î]-
tresses, *page* 26, et le mariage fortuné, *page* 31.

L'as de trèfle signifie un peu d'argent qui r[e]-
viendra à la *personne*, quand il n'est point tou[-]
ché par aucun pique ; s'il est touché d'un piq[ue]
seulement, il signifie succession ; mais s'il e[st]

touché de plusieurs piques, c'est autant de successions à venir à la *personne* comme il y en aura. Quand cet as est touché par le huit de carreau, il signifie héritage de biens et fonds ; mais quand il est touché d'un pique et du dix de carreau en même temps, cela annoncera que ladite succession vient des pays éloignés. Si cet as est touché en même temps par un pique et par le sept de trèfle, il signifie que la succession viendra promptement à la *personne* et sans difficulté.

Le dix de trèfle signifie beaucoup d'argent à venir.

Le neuf de trèfle signifie présent reçu ou à recevoir ; et s'il touche aux figures de carreau, il signifie rivalité de maîtresses pour les hommes, et rivalité d'amants pour les filles ou pour les dames. Si ledit neuf touche à quelque figure de pique, il signifie rivalité de places.

Le huit de trèfle signifie ouvrage à venir à une personne qui vit de son travail ou de son industrie, lorsqu'il est touché par un cœur ; mais si on tire pour une personne riche et à son aise, il signifie bien à venir qu'elle n'attend pas. Sans que cette carte soit touchée par aucun cœur, elle signifie encore argent à venir, ou que l'on vient de recevoir : sa place décidera de l'événement.

Le sept de trèfle signifie fille de sincère amitié et bienfaisante à la *personne*, et sœur ou cousine à la *famille* ; quand il est touché par le neuf de cœur, en quelqu'endroit du jeu que ce soit, il signifie, pour la *personne* pour qui l'on tire, réussite d'une chose promise ou attendue, ou bien que l'on ose espérer.

2

RÈGLES

Pour apprendre à connaître le caractère des maris ou
femmes, des amants ou maîtresses, et pour connaître
les couleurs des cheveux désignées par les quatre sept.

On considérera les figures de la couleur de
pique comme des personnes traîtres, inconstantes
et à craindre : le sept de cette couleur dénote les
cheveux noirs.

On devra considérer les figures de la couleur de
carreau, comme des jaloux et des avares : le sept
de cette couleur désigne des cheveux blonds ou
roux.

On considérera les figures de la couleur de cœur,
comme des personnes bienfaisantes et sages : le
sept de cette couleur dénote des cheveux châtains.

On regardera les figures de la couleur de trèfle,
comme des époux sincères et des amants ou maîtresses fidèles : le sept de cette couleur désigne des
cheveux bruns.

On veut savoir si la *personne* pour qui on opère
a une maîtresse, ou s'il en aura bientôt une; il
faudra pour cela observer si dans les trois jeux
qu'on aura placés sur la table, il ne s'y trouve

point un roi et une dame de même sorte ou couleur qui se touchent de front, c'est-à-dire, l'une sur l'autre : par exemple, si le roi et la dame de cœur se touchent l'un au-dessus de l'autre, il signifieront que la *personne* a actuellement une maîtresse sage et bienfaisante.

Si le roi et la dame de pique se touchent de front, cela annoncera à la *personne* qu'en peu de temps elle aura une maîtresse traître, inconstante et à craindre ; par ce moyen on reconnaîtra que roi et dame l'un sur l'autre signifie maîtresse ou amant effectif, et que roi et dame de front, signifie avenir ; et pour reconnaître leur caractère, il faudra observer la couleur, et recourir à la règle des maris, *page* 26.

RÈGLES

A observer pour savoir si l'amant ou la maîtresse aiment véritablement.

Pour les Femmes ou Filles.

On devra considérer le valet de trèfle comme l'amant, et commencer à compter par lui du même sens qu'on a posé les cartes sur la table, jusqu'au nombre de treize. On observera après cette opération s'il regarde ladite treizième carte ; et s'il arrive que dans les trois jeux étendus sur la table, il ne la regarde nulle part, on devra considérer cet amant comme un homme qui n'aime que le plaisir que lui procurent les dames. S'il la regarde encore une fois dans les trois jeux, on considérera cet amant comme devant être inconstant en peu de temps. Si ledit valet la regarde deux fois dans les trois jeux d'où l'on tire cette treizième carte, il faudra considérer cet amant comme aimant constamment. S'il regarde ladite treizième carte dans tous les trois jeux, on devra considérer cet amant comme un homme qui aimera jusqu'à la mort.

Pour les Hommes.

On devra choisir la dame de trèfle, et suivre la même règle ou le principe ci-dessus pour les femmes ou filles.

RÈGLES

Pour savoir si la personne se mariera.

On observera dans les trois jeux tirés et étendus sur la table, que si le valet de trèfle se trouve une fois l'une des quatre cartes qui commencent l'*horoscope*, ou l'une des quatre qui environnent le dix de cœur, pour lors mariage s'ensuivra. S'il ne se trouve point une des quatre cartes qui environnent la treizième, le mariage sera remis ; car s'il se trouve du nombre des cartes énoncées, cela signifiera que la *personne* se mariera, ou bien, si elle était mariée, que par la suite elle sera dans le cas de se remarier encore, ce qui est annoncé par la vue du valet dans un des jeux qui prédit qu'elle se mariera.

Si on regarde au jeu suivant, que l'on aura tiré de même, combien il s'y trouve de valets (si l'on tire pour une demoiselle ou une veuve) dans les treize cartes de front qui composent l'*horoscope*, car autant de valets seront considérés comme autant de maris que la *personne* épousera. S'il ne se trouve point de valets dans le jeu suivant, ayez recours, dans ce cas seulement, au troisième jeu ; par exemple, le valet de trèfle, annonçant le mariage, se trouvant placé au premier jeu tiré, on fera la recherche dans le second jeu, et on comptera les valets qui se trouveront dans les treize cartes comme autant de maris ; mais si on ne trouve point de valets parmi lesdites treize cartes dans le second jeu, on fera la recherche dans le troisième, et s'il ne se trouve point de valets placés, ainsi qu'il est dit, dans le troisième jeu, on fera la recherche dans celui où sera le valet de trèfle ; s'il se trouve placé parmi lesdites treize cartes dans le troisième jeu tiré, on fera la recherche dans le premier jeu.

Si on tire de cette manière pour les hommes, au lieu de compter combien de valets, on comptera combien de sept, et ce sera autant de femmes qu'ils épouseront, ou...... La couleur des valets ou des sept annoncera le caractère des maris ou des femmes, ainsi que l'enseigne la règle pour apprendre à connaître le caractère des maris ou femmes, des amants ou maîtresses, *page* 26.

RÈGLE

Pour connaître quand un mariage devra être conclu.

On connaîtra qu'un mariage devra se faire, quand un roi et sa dame se toucheront de front et qu'ils se regarderont; leur valet les touchant l'un ou l'autre, en quelqu'endroit du jeu qu'il soit placé, n'importe, cela annoncera que la *personne* pour qui l'on tire se mariera avant le terme de dix-huit mois, et si la *personne* est bien jeune, ou que ce soit un enfant, on convertira les mois en années. Mais quand un roi et sa dame se toucheront de front, et qu'ils se tourneront le dos, étant touchés de leur valet, cela signifiera mariage manqué.

Si le roi et sa dame se trouvent l'un au-dessus de l'autre, qu'ils se touchent, et que leur valet les touche, la position de ces trois figures signifiera mariage qui se fera et qui est actuellement conclu entre les parties ou la *famille*, ou bien mariage consommé par les parties avant sa conclusion.

Si parmi les trois figures ci-dessus annoncées, il s'en trouve une qui soit une carte dépendante des cartes qui composent l'*horoscope*, cela regardera la *personne*, si ladite *personne* est mariée. Cela regardera ses frères ou sœurs, ou bien son père ou sa mère, qui se remarieront s'ils sont veufs ou veuves.

Si une de ces trois figures se trouve occuper la place d'une des cartes destinées à la *famille*, ce mariage manqué ou à accomplir regardera ladite *famille*. S'il arrive qu'aucune des cartes qui annoncent le mariage ne soient pas placées ni à l'*horoscope* ni à la *famille*, et que la *personne* pour qui l'on tire soit mariée, ce mariage annoncera à la *personne* un mariage d'amis qui lui sera avantageux.

RÈGLE

Pour connaître quand un mariage sera heureux ou fortuné.

On devra considérer si le valet de trèfle est touché de son sept et du neuf de cœur en même temps dans l'un des trois jeux, cela annoncera à la *personne* pour qui l'on opère qu'elle épousera une personne qui lui fera sa fortune. Si la *personne* est mariée, ce mariage regardera sa *famille*, dans quelqu'endroit du jeu que lesdites trois cartes soient placées ; ce qui sera aussi une règle certaine pour les quatre exemples suivants.

Si le valet de trèfle est touché en même temps d'un sept et de son neuf, cela annoncera à la *personne* un mariage où elle prospérera tant qu'il durera.

Si le valet de trèfle est touché d'un autre sept que du sien et du neuf de cœur en même temps, cela annoncera pour la *personne* mariage d'une inclination réciproque.

Si le valet de trèfle est touché d'un sept quelconque et du neuf de carreau tout-à-la-fois, cela annoncera à la *personne* qu'elle épousera une personne de famille plus illustre qu'elle.

Si le valet de trèfle est touché d'un sept quelconque et du neuf de pique en même temps, cela annoncera à la *personne* qu'elle contractera un mariage qui sera de peu de durée. Remarquez que les sept vous indiqueront la couleur des cheveux des maris ou des femmes avec lesquels on contractera lesdits mariages, ainsi qu'on le voit à la page 26.

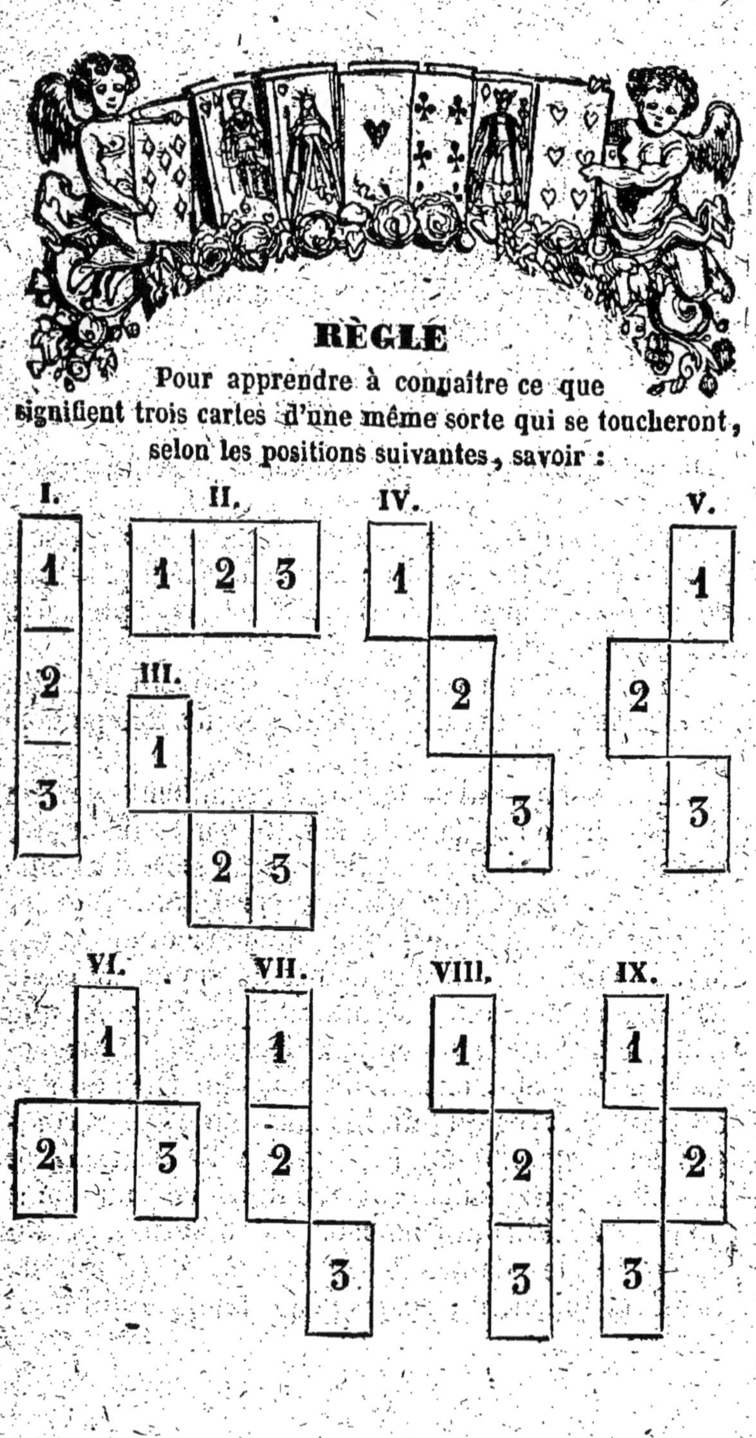

RÈGLE

Pour apprendre à connaître ce que signifient trois cartes d'une même sorte qui se toucheront, selon les positions suivantes, savoir :

On concevra sans doute qu'outre les neuf différentes manières dont les cartes se touchent ci-dessus, il peut encore y avoir d'autres positions, et que, de quelque nature que ces trois cartes de même sorte soient placées, pourvu qu'elles se touchent, n'importe pas, elles annonceront quelque-chose à la *personne.*

EXEMPLES

De la différente position de trois cartes qui se touchent.

Trois as qui se touchent, signifient surprise : la manière de leur position apprendra à la *personne* ce qu'ils signifient ; ainsi qu'il est expliqué dans les exemples des as, *page 36.*

Trois rois qui se touchent, signifient réussite d'une place ou dignité sollicitée et méritée pour la *personne.*

Trois dames qui se touchent, signifient querelle ou guerre venue dans la famille par les femmes ; quand celles de pique et de carreau sont du nombre ; elles signifient verbiages par jalousie, quand ce sont les dames de pique, de cœur et de trèfle. Mais quand ce sont les dames de pique, de cœur et de carreau, elles signifient à la *personne* que deux femmes, l'une ennemie jurée et l'autre jalouse, s'uniront ensemble pour lui faire du mal en traître ; mais qu'une bienfaisante et sage rompra leur complot au moment de l'exécution, et dévoilera leur fourberie et l'injustice, au point qu'elles s'enfuiront couvertes de confusion. Si, au contraire, les dames de cœur, de carreau et de trèfle se touchent, cela signifie femmes qui s'assembleront et parleront pour faire du bien à la *personne* pour qui l'on tire les cartes.

Trois valets qui se touchent, signifient pour la *personne* perte de biens ou de procès.

Trois dix qui se touchent, signifient procès ou affaire qui se terminera à l'avantage de la *personne* pour qui on opère.

Trois neufs qui se touchent, signifient nouvelle de biens qui viendra à la *personne* des pays étrangers.

Trois huit qui se touchent, signifient que la *personne* pour qui l'on tire vivra longtemps.

Trois sept qui se touchent, signifient que la *personne* fera une longue maladie. Remarquez que l'une des trois sortes de cartes énoncées ne se trouvant que dans un des trois jeux, cela signifiera fortune suffisante à la *personne* pour vivre honnêtement dans le monde.

Quand on trouvera quatre cartes d'une même sorte qui se toucheront en quelqu'endroit qu'elles soient placées dans le jeu, elles annonceront à la *personne* pour qui l'on tire qu'elle obtiendra satisfaction de la chose qu'elle désire; en un mot, que son avenir sera heureux. On entend ici par quatre cartes d'une même sorte, quatre rois, quatre dames, quatre valets, quatre dix, et ainsi des autres cartes inférieures.

Lorsque quatre cartes d'une même sorte se trouvent placées aux quatre coins d'un des trois jeux, cela annoncera à la *personne* pour qui l'on tire qu'elle jouira dans peu d'années d'une fortune brillante.

———

RÈGLES

Pour apprendre à connaître ce que signifient trois as quelconques ainsi placés dans lesdits trois jeux, se touchant de différentes manières.

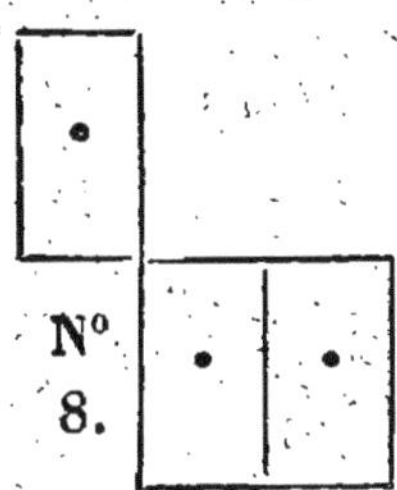

Trois as quelconques ainsi placés comme ci-contre dans l'un des trois jeux étendus sur la table, signifient que la *personne* sera volée sur un grand chemin, ou dans la rue, ou dans l'église, ou en un jardin, ou au spectacle.

Trois as quelconques ainsi placés dans l'un des trois jeux étendus sur la table, signifient que la *personne* sera volée par son domestique ; et en cas qu'il y en ait plusieurs, et voulant savoir si le vol a été commis par un homme ou par une femme ou fille, et de quelle nature est le vol, il faudra compter les cartes en commençant par celle qui est marquée **V**, et aller en comptant du sens contraire que l'on compte l'*horoscope*, jusqu'à ce qu'on rencontre un valet pour homme ou un sept pour fille. Par exemple, si on rencontre le valet de trèfle, il signifiera que c'est un homme qui est le voleur, et qu'il a pris l'argent ; si, au contraire, c'est le sept de cœur, il signifie que c'est une fille ou une femme qui a volé un ou plusieurs bijoux.

En remarquant la couleur du voleur ou de la voleuse, on connaîtra la nature du vol ; car les carreaux signifient hardes, les piques signifient meubles, les cœurs signifient bijoux, et les trèfles signifient argent, ainsi qu'on vient de le dire.

N° 13.

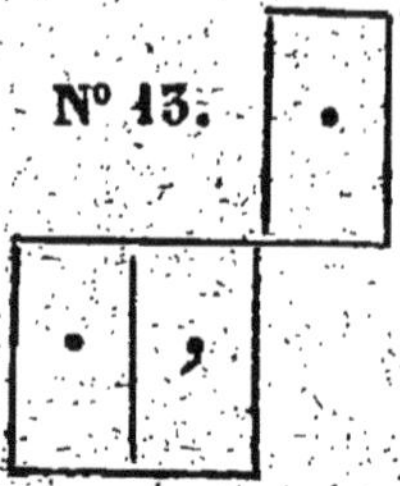

Trois as quelconques ainsi placés, comme au n° 13, signifient que la *personne* perdra sur mer vaisseaux, marchandises ou bagages.

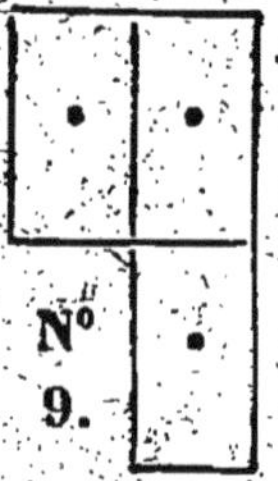

Trois as quelconques ainsi placés, comme au n° 9, signifient que la *personne* perdra une petite partie de son bien par le feu.

N° 9.

N° 15.

Trois as quelconques ainsi placés, comme au n° 15, signifient à la *personne* qu'elle aura la surprise d'une mort qui l'intéressera beaucoup.

N° 20.

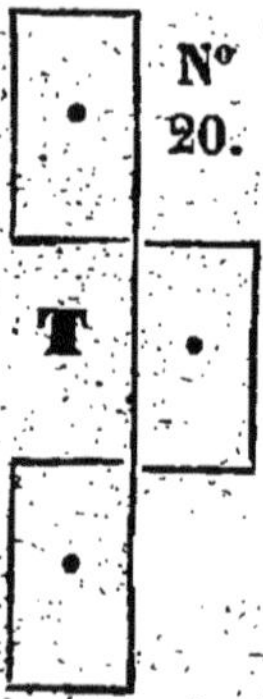

Trois as quelconques placés comme on le voit au n° 20, signifient à la *personne* qu'elle a des ennemis qui travaillent à lui faire du mal. Ces personnes réussiront si le neuf de cœur se trouve être la carte la plus éloignée de la treizième, en commençant à compter par la carte marquée **T**, et opérant du

5

sens opposé à celui dont on se sert à l'*horoscope.*
Si au lieu du neuf de cœur on y trouve le neuf de
pique, cela signifie que la *personne* ne recevra
aucun dommage et qu'on aura fait son bien en lui
voulant faire du mal. Si on ne trouve point l'un
de ces deux neuf, comme il est dit, les peines de
ces mauvaises personnes seront infructueuses.

N° 10.

Trois as quelconques placés comme
au n° 10, annonceront à la *personne*
qu'elle recevra une agréable nouvelle qui augmentera sa fortune, et
qui lui donnera l'aisance de faire
mieux ses affaires et de mieux vivre.

N° 14.

Trois as quelconques placés, comme
au n° 14, signifient à la *personne*
qu'elle fera dans peu un voyage par mer,
si le dix de carreau touche à l'un des
as; le voyage sera par terre, si c'est le
huit de carreau qui touche à l'un des
as; elle sera victorieuse, si c'est le neuf
de cœur qui y touche; si c'est le neuf de trèfle,
elle recevra un présent, et si le dix de trèfle touche
directement à l'un desdits as, elle sera fortunée.

N° 17.

Trois as quelconques ainsi placés
comme au n° 17, signifient et annoncent
à la *personne* que dans peu de temps
son sort sera plus doux.

Trois as quelconques ainsi placés comme au n° 18, annoncent à la *personne* qu'elle jouira dans sa vie d'une fortune, d'une santé et d'une tranquillité d'esprit digne d'envie, et auxquelles elle ne s'attend pas.

Trois as placés comme ci-contre, signifient que la *personne* jouira des plaisirs de l'amour avec une personne à laquelle elle ne s'attend pas, dans peu de temps, à cause que l'as de pique est le premier; ce sera dans quelques mois, s'il est au milieu; et dans le terme d'une année, si ledit as de pique se trouve le dernier. Cette rencontre arrivera avec la *personne* qui se trouvera la plus proche de l'as de pique et du sexe opposé à celui de la *personne* pour qui on tire : par exemple, si l'on tire pour un homme, et qu'il se trouve une dame auprès de l'as de pique, elle aura lieu avec une fille; si au contraire on tire pour une dame ou pour une fille et que ce soit un roi qui se trouve auprès dudit as, ce sera avec un homme marié; si c'est un valet, il signifiera garçon, ou homme veuf avec qui elles s'uniront.

Nº 4.

Trois as placés comme en marge nº 4, savoir : pique, carreau et trèfle, signifient que la *personne* jouira des plaisirs de l'amour avec une personne qui augmentera sa fortune.

Nº 5.

Trois as placés comme en marge nº 5, savoir : pique, cœur et trèfle, signifient que la personne pour qui on tire jouira des plaisirs de l'amour, et qu'elle se mariera avec la personne dont elle aura joui.

Nº 6.

Trois as placés comme au nº 6, savoir : trèfle, cœur et carreau, annoncent la surprise d'une fortune pour la *personne*, événement qui lui donnera beaucoup de satisfaction.

Trois as placés comme au n° 7, signifient que la *personne* recevra un don considérable de la personne la plus proche de l'as de trèfle ou de l'as de cœur, soit homme, femme ou fille; et si l'as de pique se trouve du nombre de ces trois as ainsi disposés, la *personne* devra ce bienfait aux sentiments de l'amour.

Trois as placés comme au n° 11, signifient qu'on fera une banqueroute considérable à la *personne* pour qui on tire; si l'as de trèfle s'y trouve avec l'as de pique, la banqueroute sera supportable; et si l'as de pique ne se trouve pas dans cette disposition d'as, elle sera de peu de chose.

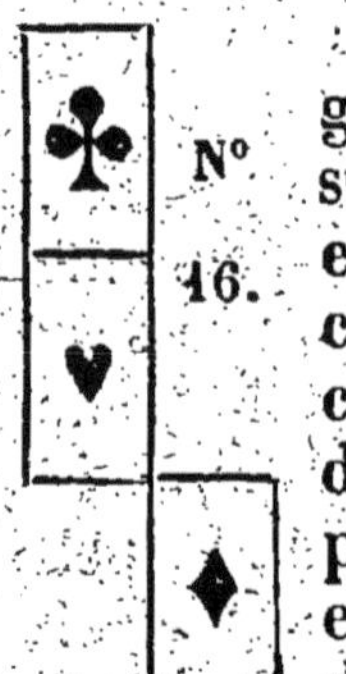

Trois as placés comme au n° 16, signifient à la *personne* qu'elle aura la surprise d'un enfant naissant, auquel elle prendra intérêt par les liens du sang; c'est-à-dire que l'enfant sera le sien, ou celui de son fils ou de sa fille, ou bien de son frère ou de sa sœur. Si les as sont placés tels qu'ils le paraissent dans cet exemple : 1° l'enfant sera heureux dans tout le cours de sa vie; 2° il vivra dans le monde en honnête personne; 3° il sera aimé des grands par la supériorité de son esprit; mais si l'ordre de ces trois as se trouve dérangé, et que l'un occupe la place de l'autre, on devra les considérer comme la surprise d'un enfant naissant qui intéressera la *personne*.

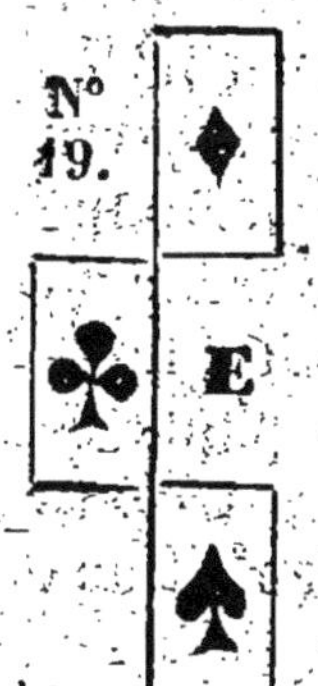

N°. 19.

Trois as placés comme au n° 19, si-gnifient à la *personne* qu'elle travaillera à vaincre ses ennemis, ou les ennemis de l'État si elle est destinée au service militaire; et elle réussira avec grand avantage, si le neuf de cœur se trouve éloigné de la treizième carte en com-mençant à compter depuis la carte marquée **E**, de la même manière qu'on compte à l'*horoscope*; si au lieu du neuf de cœur on trouve celui de pique, il annoncera grand désavantage; si aucun des deux dits neuf ne se trouvent pas dans lesdites treize cartes, les-dits trois as signifieront que la *personne* travaillera inutilement, n'en devant résulter ni bien ni mal; et il faudra juger de ses travaux conformément à sa profession.

N°s 21. 22. 23. 24. 25. 26.

Trois as placés comme au n° 21, etc., signifient que la personne gagnera au jeu de hasard : ce sera beaucoup d'argent si l'as de trèfle est le premier des trois; gain rai-sonnable s'il est le second, et peu de chose s'il se trouve le dernier en descendant. Si parmi l'ordre de ces trois as il se trouvait l'as de pique, il signifie perte audit jeu de hasard; et si cet as est placé le premier en haut, il signi-fie grande perte; s'il est le second, perte sup-portable; et s'il est le troisième en descendant, la perte sera de peu de valeur.

Nᵒˢ
27.28.29.30.31.32.

Trois as placés comme au nᵒ 27, etc., signifient à la *personne* qu'elle aura la surprise d'avoir gagné un bon lot à une loterie de bienfaisance, surtout si l'as de trèfle se trouve être le premier comme dans cet exemple ; mais s'il se trouve le second, le prix du gain sera honnête ; si l'as de trèfle se trouve être le dernier, le gain sera de peu de valeur. Si parmi l'ordre de ces trois as il se trouvait l'as de pique, il signifie perte à la loterie ; si cet as se trouve être le premier, il signifie grande perte ; s'il est le second, c'est perte médiocre ; et s'il est le troisième, la perte sera de peu de chose.

Nᵒˢ
33.
34.
35.
36.
37.
38.

Trois as placés comme au nᵒ 33, etc., signifient que la *personne* trouvera dans un endroit inattendu quelque chose de grand prix, ou beaucoup d'argent ; surtout si l'as de trèfle est le premier en haut ; s'il n'est que le second, la trouvaille sera médiocre ; et s'il est le troisième, elle sera de peu de chose. Si parmi l'ordre de ces trois as il se trouvait que l'as de pique fût à la place de l'as de trèfle, cela signifie que la *personne* perdra dans un moment inattendu un effet de prix, ou beaucoup d'argent, ou de biens à proportion de sa fortune. Si l'as de pique se trouve être le second, il signifie perte supportable ; mais s'il est le troisième en bas, la perte sera de peu de valeur.

EXPLICATION

Des as qui annoncent prison pour affaire de police ou pour dettes.

Trois as disposés suivant l'ordre ci-contre, signifient que la *personne* représentée par la carte ou la figure **D** sera mise en prison pour affaire de police ou pour dettes civiles, et elle n'y restera pas longtemps si l'as de trèfle est sous ses pieds; s'il se trouve à côté de la figure, elle restera un peu de temps; et si l'as de trèfle n'est pas du nombre des trois as ainsi disposés, elle y restera fort longtemps. On observera que si la carte marquée **D** représente une personne du sexe opposé à celle pour qui l'on tire, ou bien qu'il ne s'y trouve aucune figure ou une des cartes qui représente une figure, dans tel cas, ces trois as annonceront seulement surprise à la *personne*, et les cartes qui les toucheront serviront à expliquer le sujet de la surprise.

N° 1.—C'ette position d'as annonce que la *personne* sera mise en prison pour avoir dissipé biens ou marchandises confiés (*page 39*).

N° 2.—Cette position d'as annonce que la *personne* sera mise en prison pour dépense faite au-delà de son pouvoir (*page 39*).

N° 3.—Cette position d'as annonce que la *personne* sera mise en prison à défaut de payer ce qui sera occasionné par des pertes (*page 39*).

Nº 4. — Cette position d'as annonce que la *personne* sera mise en prison pour avoir cautionné une personne devenue insolvable et infidèle (*page* 40).

Nº 5. — Cette position d'as annonce à la *personne* qu'elle sera mise en prison dans peu par une surprise inattendue (*page* 40).

Nº 6. — Cette position d'as annonce que la *personne* sera mise en prison pour avoir eu des sentiments trop généreux envers une autre personne : bourse déliée lui redonnera sa liberté (*page* 40).

Nº 7. — Cette position d'as annonce à la *personne* que par sa protection, ses bienfaits et ses bonnes paroles, elle fera sortir de prison une personne qui y aura été mise pour avoir dissipé biens ou marchandises confiés (*page* 41).

Nº 8. — Cette position d'as annonce à la *personne* qu'elle fera sortir de prison un ami détenu pour avoir emprunté et dissipé plus que sa fortune ne lui permettait de rendre (*page* 36).

Nº 9. — Cette position d'as annonce à la *personne* qu'elle fera sortir de prison une personne détenue à défaut de paiement occasionné par des pertes (*page* 37).

Nº 10. — Cette position d'as annonce à la *personne* qu'elle fera sortir de prison une personne détenue pour en avoir cautionné une autre (*page* 38).

Nº 11. — Cette position d'as annonce à la *personne* qu'elle sera mise en prison pour cause de police, et qu'une femme bienfaisante obtiendra sa liberté (*page* 41).

5.

Nº 12. — Cette position d'as annonce à la *personne* qu'elle s'intéressera pour une personne détenue en prison, et qu'elle réussira dans sa démarche au-delà de ses espérances ; en outre, que la reconnaissance de la captive la conduira à un établissement fortuné (*page* 36).

Nº 13. — Cette position d'as annonce que la *personne* sera mise en prison pour avoir répondu corporellement pour faire sortir provisoirement une personne de sa prison (*page* 37).

Nº 14. — Cette position d'as annonce à la *personne* qu'elle s'intéressera pour une personne détenue en prison, et dont elle obtiendra la liberté ; mais pour tout remerciment, l'ingrat captif délivré lui procurera des déplaisirs sensibles (*page* 38).

Nº 15. — Cette position d'as annonce que lors de la pleine lune la *personne* sera mise en prison, et qu'elle pensera être au moment heureux de sa délivrance au déclin de la lune ; mais un retard inattendu lui causera beaucoup de peine (*page* 37).

Nº 16. — Cette position d'as annonce à la *personne* qu'elle sera faite prisonnière pour cause politique en un moment inattendu (*page* 41).

Nº 17. — Cette position d'as annonce à la *personne* qu'elle obtiendra justice contre ses proches parents qui chercheront à la faire mettre en curatelle (*page* 38).

Nº 18. — Cette position d'as annonce à la *personne* que sur la fin de sa vie elle sera mise en maison de force, et que ses parents obtiendront des juges de la faire passer en curatelle ou autre chose semblable, ce qui reviendra bien au même pour elle (*page* 39).

N° 19. — Cette position d'as annonce que la *personne* sera enlevée, détenue prisonnière, et qu'un événement inattendu la délivrera entièrement (*page* 42).

N° 20. — Cette position d'as annonce que la *personne* fera un voyage dans lequel elle sera prise et réduite à l'esclavage (*page* 37).

N° 21. — Cette position d'as annonce que la *personne* sera esclave, et qu'elle sortira de l'esclavage par l'amour qu'elle aura inspiré à une personne courageuse et fidèle (*page* 42)

N° 22. — Cette position d'as annonce à la *personne* qu'elle délivrera une femme prisonnière qui lui fera sa fortune (*page* 42).

N° 23. — Cette position d'as annonce à la *personne* que par sa ressemblance de figure ou d'affaire, elle sera prise en la place d'une autre personne et détenue prisonnière pendant un certain temps (*page* 42).

N° 24. — Cette position d'as annonce à la *personne* qu'étant retenue dans son lit pour cause d'infirmité ou de blessure, une ou plusieurs personnes bienfaisantes se transporteront dans la maison d'une personne noble ou riche, et qu'elles en obtiendront une place ou une pension pour la personne malade (*page* 42).

EXPLICATION

Des as qui annoncent prison pour cause criminelle ;
savoir :

Trois as placés comme en l'exemple ci-contre, avec une figure du même sexe que la *personne* pour qui on tire, placée à l'endroit où se trouve la carte **C**, signifient que la personne sera surprise et mise en prison pour crime, et les as qui occuperont les trois autres places, annonceront la nature du crime, ainsi qu'on le verra dans les vingt-quatre exemples du chapitre suivant.

On devra observer si le neuf de pique touche un de ces as, ou bien s'il se trouve sous les pieds de la figure ou sous la carte **C**, cela annoncera à la *personne* qu'elle ne sortira de prison que pour mourir honteusement.

Si le neuf de cœur touche un desdits trois as, ou qu'il serve d'encadrement, quand même le neuf de pique en toucherait un en même temps, ledit neuf de cœur annoncera à la *personne* qu'elle triomphera des ennemis qui en voulaient à sa vie, et qu'elle sortira de sa prison entièrement lavée des accusations intentées contre elle.

Si le neuf de trèfle touche à un de ces as, sans que le neuf de cœur y soit, ou qu'ils servent d'encadrement, cela annoncera à la *personne*, encore que le neuf de pique fût aussi dans l'encadrement, qu'elle sortira de ladite prison par présent.

Si le neuf de carreau touche à un de ces trois as, sans que le neuf de cœur s'y trouve, cela annoncera à la *personne* prison perpétuelle.

Si la carte **C** ne se trouve pas être une figure du même sexe que la *personne* pour qui on tire, mais bien d'un autre, cela annoncera à la *personne* que celui ou celle qui sera surpris, dénoncé et mis en prison pour crime par la disposition desdits trois as, sera de sa famille.

Si au contraire la carte marquée **C** entre les trois as n'est pas une figure, ni même une carte représentant une figure, alors cette position d'as annoncera seulement surprise à la *personne*, et les cartes qui toucheront auxdits as serviront à expliquer le sujet de la surprise.

EXEMPLES

Des différentes positions d'as qu'il est possible de trouver
dans les jeux qui servent à tirer l'horoscope et qui annoncent prison politique ou criminelle.

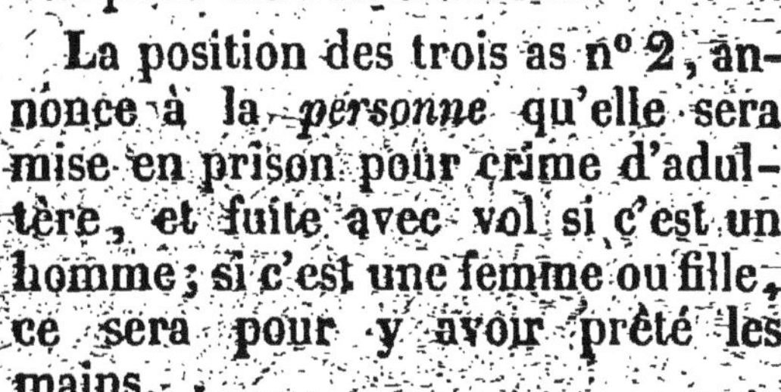

La disposition des trois as n° **1**,
annonce à la *personne* pour qui
on tire l'*horoscope*, qu'elle sera
mise en prison, savoir : si c'est un
homme, pour le crime de rapt ; si
c'est une femme ou fille, pour être
complice d'un enlèvement.

La position des trois as n° **2**, annonce à la *personne* qu'elle sera
mise en prison pour crime d'adul-
tère, et fuite avec vol si c'est un
homme ; si c'est une femme ou fille,
ce sera pour y avoir prêté les
mains.

La position des trois as n° 3,
annonce à la *personne* qu'elle sera
mise en prison pour crime de so-
domie.

La position de trois as n° 4 , annonce à la *personne* qu'elle sera mise en prison pour cause d'empoisonnement.

La position des trois as n° 5 , annonce à la *personne* qu'elle sera mise en prison pour crime d'assassinat.

La position des trois as n° 6 , annonce à la *personne* qu'elle sera mise en prison , si c'est un homme, pour cause de conspiration ; si c'est une femme ou fille, pour batterie meurtrière avec son sexe.

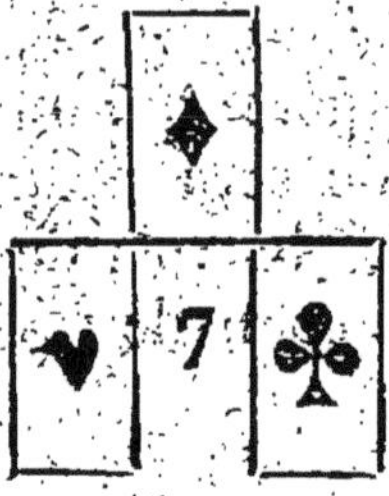

La position des trois as n° 7 , annonce à la *personne* qu'elle sera mise en prison, si c'est un homme pour crime de viol ; si c'est une femme ou fille, pour celui de corruption de mœurs.

La position des trois as n° 8 , annonce à la *personne* qu'elle sera mise en prison, si c'est un homme , pour duel ; si c'est une femme ou fille, pour infanticide.

La position des trois as n° 9, annonce à la *personne* qu'elle fera de la prison pour banqueroute frauduleuse; si c'est une femme ou fille, pour recel.

La position des trois as n° 10, annonce à la personne qu'elle sera mise en prison pour crime de parricide.

La position des trois as n° 11, annonce à la *personne* qu'elle sera mise en prison pour vol domestique ou abus de confiance.

La position des trois as n° 12, annonce à la *personne* pour qui on tire l'*horoscope*, qu'elle sera mise en prison pour crime de vol, de guet-à-pent, ou pour celui de recélage.

La position des trois as n° 13, annonce à la *personne* qu'elle sera mise en prison pour crime de vol avec effraction, fausses clefs ou escalade.

La position des trois as n° 14, annonce à la *personne* qu'elle sera mise en prison pour avoir enfreint les lois en poussant au renversement du gouvernement actuel.

La position des trois as n° 15, annonce à la *personne* qu'elle sera mise en prison pour le crime de faux témoignage ou pour faux serment.

La position des trois as n° 16, annonce à la *personne* qu'elle sera mise en prison pour avoir fait la contrebande à main armée.

La position des trois as n° 17, annonce à la *personne* qu'elle sera mise en prison pour le crime de faux monnoyage.

La position des trois as n° 18, annonce à la *personne* qu'elle sera mise en prison, si c'est un homme, pour avoir tué son antagoniste en se battant ; si c'est une femme ou fille, pour avoir excité une autre personne à commettre une action criminelle.

La position des trois as n° 19, annonce à la *personne* qu'elle sera mise en prison pour avoir fait tuer quelqu'un soit par argent soit par conseil.

La position des trois as n° 20, annonce à la *personne* qu'elle sera mise en prison pour s'être trouvée en des compagnies suspectes ou soupçonnées de crime atroce.

La position des trois as n° 21, annonce à la *personne* qu'elle sera mise en prison pour la fausse monnaie dont elle aura favorisé l'émission par ignorance du crime.

La position des trois as n° 22, annonce à la *personne* qu'elle sera mise en prison pour un écrit contre le gouvernement, fait par elle ou trouvé entre ses mains, ou resté en sa possession.

La position des trois as n° 23, annonce à la *personne* qu'elle sera mise en prison pour crime de rebellion à la force armée.

La position des trois as n° 24, annonce à la *personne* qu'elle sera mise en prison pour crime d'infi-délité dans ses devoirs, charge ou emploi, ou, en un mot pour mal-versation.

Après avoir exposé la différente position des as qui se trouvent, et qui peuvent se rencontrer dans les occasions qui se présentent chaque fois qu'on veut tirer l'*horoscope* de quelqu'un, et après en avoir donné l'explication exacte, il convient de donner au lecteur une plus ample connaissance de la manière de tirer, de placer et d'expliquer les cartes, c'est-à-dire, de mettre en pratique ce qu'on aura appris par théorie. C'est pour cette raison qu'on a placé ci-après l'*horoscope* tout au long, qu'une jeune demoiselle a entrepris de tirer pour elle-même, d'après les principes ci-devant détaillés, afin que les organes de la mémoire soient rafraîchis, et que par ce moyen on se trouve à même d'exercer ce qui est établi par les principes fondamentaux de cette science.

EXPOSITION

L'HOROSCOPE D'UNE DEMOISELLE,

AVEC

UNE EXPLICATION SUCCINTE TIRÉE DES PRINCIPES
CI-DEVANT ÉTABLIS.

Exemple du premier jeu, lequel, après avoir été mêlé et
coupé par la personne pour qui on tire l'horoscope, a été
tiré carte par carte, posé et étendu sur la table, en commençant par le n° 1, etc. (Voyez le *premier tableau.*)

On considérera qu'outre les trente-deux cartes
dont se compose un jeu ordinaire, on ajoute, pour
tirer l'*horoscope*, quatre basses cartes, qui sont :
le deux, le trois et le quatre de cœur, ainsi que
le quatre de carreau ; ces quatre basses cartes sont
écrites dans cet *horoscope* pour représenter le
père, la mère et l'amant de la demoiselle et la
personne elle-même.

Premièrement. On observera dans le tableau
que présentent ces cartes étendues, quatre rois
qui se touchent, et qui signifient que la *personne*

obtiendra satisfaction de la chose qu'elle désire, et qu'elle aura un heureux avenir, ainsi qu'on le trouve expliqué *page* 35.

Secondement. On observera trois dix qui se touchent, et lesquels signifient que la *personne* aura une affaire ou un procès qui se terminera à son avantage.

Troisièmement. Il faudra observer trois sept qui se touchent de front, signifiant que la *personne* aura une maladie de longue durée, ainsi qu'il est dit *page* 35, *article dernier.* Le sept de trèfle et le neuf de cœur signifient aussi à la *personne* qu'elle réussira dans une chose promise, attendue, ou qu'elle ose espérer, ainsi qu'il est dit *page* 25, *article dernier.*

Quatrièmement. On observera le roi et la dame de cœur l'un sur l'autre, ce qui signifient que la *personne* a actuellement un amant bienfaiteur et sage, ainsi qu'il est expliqué *page* 26, *avant-dernier article.* Le roi et la dame de trèfle, aussi l'un sur l'autre, annoncent à la *personne* qu'elle a présentement un amant fidèle et sincère, ainsi qu'il est expliqué *page* 26.

Cinquièmement. On observera à la *maison* qui est représentée par l'as de cœur, que le roi de cœur touche cet as, quand il est touché lui-même par sa dame, et que son valet ainsi que le neuf de trèfle sont placés aux côtés de cet as, ce qui signifie présent d'un bienfaiteur à la *maison*, ainsi qu'il est expliqué *pages* 23, 25, articles *cœur* et *neuf* de trèfle, où on trouve que ces trois cartes réunies ensemble signifient qu'un amant bienfaiteur fait porter avec lui par son domestique un présent à la *maison* de la personne pour qui on tire.

Sixièmement. On examinera les quatre cartes qui environnent celle de l'*amant*. D'abord on voit derrière lui sa maîtresse qu'il verra dans peu ; ensuite le neuf de cœur au-dessus de sa tête, ce qui signifie victoire, lequel neuf est touché du sept de trèfle, ce qui annonce à la *personne* qu'elle réussira dans la chose qu'elle entreprendra, ou qu'elle ose espérer. La troisième carte, qui est le huit de cœur, placé devant lui, ce qui signifie joie ; le dix de trèfle sous ses pieds, ce qui signifie beaucoup d'argent. Or, en réunissant ces quatre cartes avec celle de l'amant toutes ensemble, on trouvera que l'amant sollicite sa maîtresse pour en obtenir des faveurs, vu que ladite maîtresse a l'as de pique sur sa tête, qui signifie plaisir d'amour, et qui lui annonce qu'il en obtiendra la victoire avec joie, dont l'avenir est éloigné, et qu'il terminera l'affaire à son avantage avec beaucoup d'argent.

Septièmement. On examinera les quatre cartes qui environnent la *personne*, car elle a en premier lieu l'as de pique sur sa tête, ce qui lui annonce qu'elle jouira dans peu des plaisirs de l'amour, ainsi qu'il est expliqué *page* 18. Elle a derrière elle la dame de carreau, qui représente une femme qui en sera bientôt jalouse. Elle a devant elle son amant qui l'observe et qui sera bientôt avec elle ; ainsi que le fait voir l'exemple de la *page* 14. Elle a enfin sous ses pieds le dix de pique, qui signifie seul chagrin éloigné. Or, en faisant nombre des trois dix qui se touchent, il signifie alors chagrin qui se changera en plaisir. Ces quatre cartes rassemblées annoncent donc à la *personne* qu'elle aura bientôt un amant si près d'elle, qu'elle succombera, et qu'une femme peu après en sera jalouse; qu'elle aura après cela du chagrin qui se changera en plaisir avec le temps, puisque la longue maladie que les trois sept annoncent devra être considérée comme une grossesse, à cause que le sept de pique, qui seul signifie maladie, est placé au-dessous du dix qui se trouve sous la *personne*, et que la personne se trouve sous l'as de pique, lesquelles quatre cartes rassemblées annoncent les effets que cause la jouissance de Vénus.

Huitièmement. On examinera les quatre cartes qui environnent le *père*, ayant devant lui le neuf de carreau qui signifie nouvelle, ainsi qu'il est dit *page* 22. Devant lui est sa femme joyeuse prête à venir, et elle le consolera, parce que le huit de cœur, qui est sur sa tête, signifie joie, ayant en outre devant elle trois dix qui se touchent, et qui annoncent qu'une affaire, qui se terminera à son avantage, l'occupe. La quatrième carte qui environne le *père* est le huit de carreau qui se trouve placé sous ses pieds, et qui signifie voyage par terre, ainsi qu'il est dit *page* 22. Or, ces quatre cartes réunies ensemble signifient que le *père* reçoit la nouvelle d'un présent; que ce présent lui déplaît et lui fait verser des larmes; qu'il verra sa femme qui viendra dans peu, il en recevra de la consolation, puisqu'elle a de la joie du passé pour une affaire qui à l'avenir se terminera à son avantage et à celui de sa fille; en conséquence de quoi le *père* fera sans doute un voyage. Il faudra observer que les trois dix touchent en même temps à l'*amant*, à la *personne* ou maîtresse et à la *mère*, laquelle touche à son mari ou au *père*. En conséquence de quoi, les trois dix annonceront une affaire qui se terminera à l'avantage de la *personne* et de celles qui se touchent, ce qui concerne le *père*, la *mère* et l'*amant*.

Neuvièmement. On examinera les quatre cartes qui environnent la *mère*, qui sont, savoir : son mari, le huit de cœur, le dix de trèfle et le dix de carreau, lesquelles cartes réunies ensemble signifient que son mari l'observe et la verra bientôt; que la *mère* est joyeuse, parce qu'elle aura bientôt beaucoup d'argent et une grande satisfaction; qu'elle sera toujours *mère*, ou bien qu'elle fera un voyage par mer.

Dixièmement. On examinera les quatre cartes qui environnent l'*horoscope* ou le dix de cœur, ayant l'as de pique devant lui, ce qui signifie que dans le jour la *personne* permettra à son *amant* de sonder et de mouiller à l'île de Cythère, et qu'en devenant l'objet du fils de la déesse qu'on y révère, ce dieu la rendra la Psyché de l'abordage. (Voyez *page 18*, *article 2*, où on trouve que l'as de pique annonce présent qui n'est pas encore connu.) L'*horoscope* a derrière et dessous lui le mari et la femme qui sont des jaloux, par rapport à deux successions appartenant à la *personne*, et qu'ils ont entre leurs mains. (Voyez *page 20*, au roi et à la dame de carreau, et *page 24*, pour l'as de trèfle touché par le neuf et le roi de pique). Le valet de cœur, devant le roi de carreau, représente un bienfaiteur ainsi qu'il est dit *page 23*, lequel allant à la *maison*, ou as de cœur, rencontre un ennemi de la *personne*, représenté par le roi de pique à ses pieds, et à côté duquel on trouve à la *maison* le présent d'un bienfaiteur, représenté par le roi de cœur (voyez l'explication de l'*horoscope*, *page 11*, *article premier*), outre lequel on trouve de plus un présent et des nouvelles envoyés et portés par un bienfaiteur qui a trouvé la passion d'un jaloux éteinte, et qui a donné de la joie à une fille d'une amitié sincère qui touchait à la réussite de la chose qu'elle attendait. Pour une plus ample explication, *voyez* pour le neuf de trèfle, qui signifie présent, *page 25* ; pour le neuf de carreau, qui signifie nouvelle, *page 22* ; pour le huit de pique, placé sous les pieds d'une figure, *page 19*, aux carreaux, dont le valet annonce une personne jalouse ; pour le huit de cœur, qui signifie réjouissance, *page 24* ; pour le sept de trèfle, qui annonce une fille de sincère amitié, lequel touchant au neuf de cœur signifie réussite d'une chose qu'on attend. En continuant l'*horoscope*, on trouve l'*amant* victorieux à cause du neuf de cœur qui signifie victoire, *page 24*. Ensuite la demoiselle désignée par la *personne* qui va goûter dans peu des plaisirs que par hommage on offre à Vénus, *page 18*. (*Voyez* pour la *personne* et l'as de pique, *page 17*.) Pour la dame de carreau, qui est jalouse de ce que la demoiselle est née, par rapport à deux successions qui sont entre les mains de son mari, et qu'il faudra rapporter à un bienfaiteur qui les remettra à la demoiselle dans peu de jours, *page 20* ; pour le dix de cœur, qui signifie naissance, *voyez page 24* ; pour l'as de trèfle, qui signifie succession s'il touche à des piques, *page 24*. Pour les figures pique et carreau, touchées par une figure de cœur qui empêche toujours à ces premiers de faire du mal, *pages 17*, *20*. La douzième carte de l'*horoscope*, comme étant le roi de pique, signifie ennemi qui ne peut faire aucun mal, parce qu'il est sous les pieds d'un bienfaiteur représenté par le valet de cœur. La treizième et dernière carte de l'*horoscope* est le roi de cœur, lequel représente pour la *personne* ce qu'elle n'attend pas avec les quatre cartes qui sont autour. *Voyez* pour ces cinq cartes, *page 14;* car ledit roi de carreau étant touché de sa dame représente l'*amant* de la *personne,* ainsi qu'il est dit *page 20,* lequel donne à la *maison* des nouvelles dont il résultera les effets les plus satisfaisants pour la *personne,* parce qu'il fait nombre des quatre rois qui se touchent, *page 35,* et qui signifient que la *personne* obtiendra satisfaction de la chose qu'elle désire, et que son avenir sera heureux. On observera aussi que par la place qu'il occupe qu'il dit avoir la marque de l'amant sous ses pieds : étant à la *maison* avec les nouvelles qui l'accompagnent, cela annonce à la *personne* qu'il deviendra son épouse; car en regardant à l'*horoscope,* *page 11,* on trouvera qu'une figure placée à l'*horoscope,* se trouvant avoir l'as de cœur, qui signifie la *maison* de la *personne,* sur la tête, il est sensé y être, ou bien qu'il y arrivera bientôt.

Onzièmement. On examinera la *famille* pour savoir ce qui s'y passe; on y remarquera d'abord deux successions représentées par l'as de trèfle touché de deux piques, lesquelles sont entre les mains d'un homme jaloux qui voudrait bien les détourner, mais qui est prévenu par un bienfaiteur qui va à la *maison,* et donne l'ordre pour les y faire parvenir : il est représenté par le valet de cœur. L'homme jaloux, touché par deux figures de cœur, est le roi de pique, qui ne devient plus à craindre. On trouve le grand-père de la *personne* à la *maison*, qui a des nouvelles d'un présent pour son fils, et faisant nombre des quatre rois qui se touchent, il lui annonce qu'il obtiendra satisfaction de la chose qu'il désire pour lui et pour sa *famille* et qu'il aura un heureux avenir, ainsi qu'il est expliqué à la place de la *famille*, *page* 16, où on trouve que le roi de cœur représente le grand-père de la *personne* pour qui l'on tire. On trouvera aussi le père de la *personne* qui pensa à la passion éteinte d'un jaloux ; après, la *mère* qui est joyeuse d'une affaire qui se terminera à son avantage et à celui de la *famille* ; affaire qui regarde sa fille et son amant, provenue par l'ouvrage qu'ils ont manœuvré, et dont une femme est jalouse. (*Voyez*, pour l'explication de l'ouvrage, le huit de trèfle, lorsqu'il est touché d'un cœur, *page* 25.) La mère annonce de plus beaucoup d'argent qui viendra bientôt de l'amant de sa fille, ce qui répandra un grand bien-être dans sa famille. Cette quantité d'argent vient annoncée par le dix de trèfle, *page* 25. Cette *mère* aperçoit de plus que sa fille a du chagrin, qui à l'avenir sera changé en plaisir par une mort qui procure deux successions à la *famille*, et dont elle recevra avis par une lettre qui lui sera rendue par un homme qui est son ennemi, par rapport à sa fille. La treizième carte, qui est l'as de carreau, signifie lettre, ainsi qu'il est dit, *page* 22, qui annonce à la personne qu'un ennemi lui écrira la présente lettre, pour lui faire savoir qu'une dame bienfaisante et un ami fidèle et sincère sont morts, et qu'il lui en revient les deux successions. (*Voyez*, pour le roi de pique, *page* 17 ; pour la dame de cœur, *page* 25 ; pour le valet de trèfle, *page* 24 ; pour le neuf de pique, *page* 19 et *page* 15, *article premier* de la règle à la *personne*, qui annoncent que l'événement de ces deux morts ne lui sera point connu avant la réception de cette lettre qui, à tous égards, lui sera un objet de surprise, puisque l'avis qu'elle en recevra lui viendra d'un ennemi.)

Après avoir fini de donner l'explication la plus ample du premier jeu de cartes étendu selon l'art sur une table, on se contentera de donner ci-après au lecteur un extrait simple de l'explication des deux autres jeux tirés et étendus sur table, afin qu'il s'exerce à travailler de lui-même aux détails circonstanciés de ce qu'ils présenteront pour mieux apprendre à expliquer l'*horoscope* qu'il lui plaira de tirer dans la suite.

Exemple du second jeu de 36 cartes, lequel, après avoir été mêlé, coupé par ladite demoiselle qui tirait son horoscope, a été tiré carte par carte, posé et étendu sur la table, en commençant par le n° 1, etc. (*Voyez deuxième tableau.*)

Pour donner une simple explication du second jeu mêlé, coupé, tiré et étendu sur une table pour tirer l'*horoscope* susdit, on considérera d'abord l'*amant* à la *maison* qui y remportera la victoire auprès de sa maîtresse qui est la *personne*; il l'épousera après et ensuite il fera un grand voyage. On découvrira que la *personne* vivra longtemps, qu'elle est amoureuse, et qu'elle fera un faux pas dans la *maison* qui tournera à son avantage.

Le père et la mère, après avoir été fâchés de l'action de leur fille, s'en réjouiront beaucoup : on trouve à la *maison* une vierge qui, avec son amant, sacrifient à Vénus les prémices des tendres effets de leur amour, en outre l'annonce d'un mariage.

A l'*horoscope*, on aperçoit des bienfaiteurs, de la joie, une mort qui procurera deux successions, un amant fidèle, un voyage, des biens inattendus, un présent de beaucoup d'argent, ce que la *personne* n'attend pas, et une victoire provenue par un sacrifice offert et consommé dans le temple de Vénus.

A la *famille*, on trouvera des personnes jalouses de leur satisfaction entière et de leur heureux avenir ; deux sœurs, l'une avec des nouvelles et l'autre avec un jaloux, la mère malade ; de plus, deux grand'mères, un frère qui fait un voyage pour voir l'*amant*, deux successions qui viennent à la maison ; le père qui écrit à sa fille qu'il fera le voyage avec joie pour la voir.

Exemple du troisième jeu de trente-six cartes, lequel, après avoir été mêlé, coupé par la demoiselle qui tirait son horoscope, a été tiré carte par carte, posé et étendu sur la table, en commençant par le n° 1, etc. (*Voyez le troisième tableau.*)

Pour donner en abrégé une explication succinte du troisième jeu mêlé, coupé, tiré et étendu sur la table pour tirer l'*horoscope* de ladite demoiselle, on examinera d'abord l'*amant*, qui, au commencement de son union avec son épouse chérie, tombe malade, meurt et laisse sa succession à sa femme.

A la *personne*, on aperçoit un jaloux qui l'observe, une nouvelle de biens qui lui viendront de terre étrangère, présent dont elle remportera la victoire sur un homme jaloux et une femme ennemie.

A la *maison*, on y voit le *père* de la *personne* qui a été assassiné par un traître qui se sauve : de plus, une dispute entre deux hommes.

La *mère* reçoit une lettre d'un bienfaiteur qui lui fera bientôt faire un voyage.

A l'*horoscope*, on aperçoit un bienfaiteur, un *amant* fidèle et sincère qui épouse la *personne*; l'*amant*, devenu époux, tombe malade et meurt; une femme jalouse qui en est joyeuse; une victoire pour la *personne* qui aura beaucoup de biens provenant des terres étrangères; deux jaloux, l'un des nouvelles et l'autre de la *personne*; deux filles bienfaisantes et sincères qui écrivent une lettre à la *mère* au sujet de son mari; la *mère* fait un voyage, elle rencontre aussi bien du chagrin de la part de son gendre ; elle recueille dans son voyage une succession qui consiste en beaucoup d'argent et de présents pour sa fille.

A la *famille*, on trouve une sœur amoureuse, le *père* à la maison , un grand-père qui se meurt, mais qui voit auparavant naître un fils de sa petite fille nouvellement mariée et dont le mari est malade ; une femme jalouse qui est joyeuse ; une victoire de biens étrangers ; une lettre que la fille écrit à sa mère au sujet de la mort de son père ; en outre que la demoiselle ou la *personne* se mariera avec un bienfaiteur de sa maison.

Voilà enfin la manière intelligible la plus briève de tirer l'*horoscope* ; celui ou celle qui voudra s'exercer pourra donner des explications plus étendues à la narration succinte de ce troisième jeu.

GRAMMAIRE D'AMOUR

OU

VÉRITABLE LANGAGE DES PLANTES,

DES FLEURS, DES COULEURS

ET DES ANIMAUX SYMBOLIQUES,

donnant toutes leurs significations.

PRÉAMBULE.

Les premiers hommes qui parurent sur la terre,
employèrent à la communication de leurs pensées
tous les objets qui vinrent s'offrir à leurs regards;
mais ils adoptèrent de préférence, parmi tant d'objets divers, ceux dont l'aspect doux et riant pou-
vait le mieux exprimer les sentiments heureux qui
les animaient : ainsi naquit le langage des plantes,
des fleurs et des couleurs; son berceau fut l'Asie,
qui fut aussi le berceau des humains.

Faut-il après cela s'étonner si tous les peuples
se sont transmis et ont aimé un langage qui rap-

pelle cet âge d'or tant vanté des poëtes, ces jours fortunés où régnaient l'innocence et la justice!....

Les ouvrages que nous possédons sur les plantes, les fleurs, les animaux et les couleurs symboliques sont incomplets. J'ai reconnu, en outre, qu'ils renfermaient un grand nombre d'emblêmes que j'ai eu soin de rejeter, parce qu'ils ne se trouvaient justifiés ni par la nature de l'objet formant le symbole, ni par les traditions historiques ou mythologiques, ni par un usage établi.

Chaque article de ma grammaire a été soumis à un semblable examen; je puis donc en garantir l'exactitude. C'est par une infinité de comparaisons et de recherches que je suis parvenu à rendre à chaque objet la signification qui lui est propre, et à rétablir dans toute son intégrité un langage qui fut toujours cher à l'amour, à l'amitié et à la reconnaissance.

Jeunes filles sensibles, c'est à vous que je dédie ma grammaire, à celles qui, parmi vous, gémiraient dans des chaînes aussi étroites qu'injustes; à celles dont les cœurs et les mains sont encore libres de se donner. Ce rudiment n'est composé que pour vous : j'en défends l'usage aux maris, persuadé, comme Jean-Jacques Rousseau, qu'il est des êtres pour qui les sciences sont aussi dangereuses que funestes.

INSTRUCTION.

Les plantes, fleurs et couleurs symboliques prises séparément, ou réunies avec choix, expriment des pensées ou des significations qui peuvent avoir rapport, soit à la personne qui les envoie, soit à la personne à qui on les adresse, ou, enfin, à une troisième personne sous-entendue; je vais donc faire connaître ici la règle la plus simple et la plus facile pour s'entendre parfaitement sur ce point.

Plantes et fleurs.

Le pronom moi sera représenté par un *nœud* fait à l'une des extrémités du lien que l'on fixe à leur tige.

Toi ou vous, par deux *nœuds*.
Lui ou elle, par trois *nœuds*.

Le lien fixé à la tige des plantes ou fleurs peut être d'une nature quelconque. Dans l'Inde on se sert assez souvent d'un léger cordon de cheveux entrelacés.

Couleurs.

On emploie ordinairement, pour le langage des couleurs, de petits rubans étroits; et les mêmes *nœuds* que je viens d'indiquer se font à l'une des extrémités de ces rubans.

Nota. Il existe des lettres secrètes fort ingénieuses, où les plantes, les fleurs et les couleurs symboliques, désignées seulement par leur nom, forment la partie principale des phrases. Les nœuds qui servent à distinguer les trois pronoms personnels, y sont aussi désignés par écrit. De sorte qu'on ne peut déchiffrer, lire ces lettres, si l'on ne connaît la règle des nœuds que je donne dans cette instruction, et la signification exacte des plantes, des fleurs et des couleurs. Quand quelques fleurs manquent dans un parterre, que les amants y suppléent avec leur herbier, ou le nom de la fleur, ou sa reproduction fidèle.

GRAMMAIRE D'AMOUR.

Plantes et fleurs.

A.

ABSINTHE, Austérité, amertume.
ACACIA, Amour platonique.
ACACIA ROSE, Élégance.
ACACIA PUDIQUE ou SENSITIVE, Pudeur.
ACANTHE ou BRANCHE URSINE, Architecture.
ACHE, Agonie.
ACHILLÉE MILLE FEUILLES, Héroïsme.
ADONIS ou ADONIDE, Douloureux souvenir.
AGNUS-CASTUS, voir *Gatillier*.
ALIZIER, Louanges.
ALLÉLUIA, Joie, allégresse.
ALOÈS, Botanique.
ALYSSE, voir *Corbeille d'or*.
AMANDIER, Imprudence.
AMARANTHE, Immortalité, indifférence.
AMARYLLIS, Fierté.
AMBROISIE, Gastronomie.
AMOURETTE DES PRÉS, Faible attachement.
ANANAS, Perfection.

Ancolie, Folie.

Anémone, Victime de la jalousie; —Candeur.

Angélique, Inspiration.

Apocin gobe-mouche, Piége.

Arbre de vie; voir *Thuya*.

Argentine, Naïveté.

Armoise, Bonheur maternel ou paternel.

Arrête-bœuf; voir *Bugrane*.

Arum maculé, Ardeur.

Asclépias, Docteur.

Asphodèle, Regret.

Astragale, Adoucissement.

Aubépine, Espérance (1), doux espoir, sensation heureuse.

B.

Baguenaudier, Amusement frivole.

Balsamine, Impatience.

Barbe de renard, Ruse.

Barbeau ou Bluet, Délicatesse, mélancolie, souvenir d'enfance, pureté de sentiment.

Basilic, Brouillerie, haine.

Baume, Vertu.

Belladone ou Belle dame, Charmes trompeurs.

Bec de grue ou Géranium, Sottise.

Belle de jour ou Liseron tricolore, Coquetterie, infidélité.

---

(1) L'espérance est aussi désignée par un bouquet de feuilles vertes.

BELLE DE NUIT OU NYCTAGE, Timidité.
BELLE DE ONZE HEURES OU ORNITHOGALE, Songer
  à l'avenir.
BELVÉDÈRE, Tout est découvert.
BÉTOINE, Surprise.
BLÉ; voir *Épis de blé.*
BLUET; voir *Barbeau.*
BOIS GENTIL OU LAURÉOLE, Désir de plaire.
BOLET; voir *Champignon.*
BON HENRI, Bonté d'âme.
BOULE DE NEIGE, Hiver de l'âge.
BOUQUET DE LIERRE ET D'IMMORTELLE, Amitié
  pour la vie.
BOUQUET DE MAUVE ET DE SOUCI, Douces peines.
BOUQUET DE MYRTE et d'IMMORTELLE, Amour
  pour la vie.
BOUQUET DE MYRTE ET DE SOUCI, Hymen.
BOUQUET DE PAVOT ET DE SOUCI, N'avoir plus
  d'inquiétude.
BOUQUET DE ROSES OUVERTES, Philantropie.
BOURRACHE, Brusquerie.
BOUTON D'ARGENT, Prospérité.
BOUTON D'OR, Avarice, amour constant, fleur
  de bienveillance.
BOUTON DE ROSE, Cœur qui n'est pas encore
  ouvert à l'amour; — Jeune fille.
BRANCHE URSINE; voir *Acanthe.*
BRIZE TREMBLANTE, Frivolité.
BRUYÈRE, Solitude.
BUGLOSE, Mensonge.
BUGRANE OU ARRÊTE-BŒUF, Obstacle.

5

Buis, Stoïcisme.
Buisson ardent, Colère.

C.

Caille-lait ou Gallium, Changement.
Camara piquant, Rigueur.
Camomille, Amertume.
Campanule, Reconnaissance.
Capillaire, Mystère.
Capucine, Stupidité.
Capucine jaune, Discrétion.
Cèdre, Résistance.
Centaurée, Maladie.
Cerisier, Bonne éducation.
Champignon, Soupçon.
Chardon, Raillerie.
Chardon bonnetier, Misanthropie.
Charme, Ornement.
Chélidoine, Soins maternels.
Chêne, Force.
Cheveux de Vénus, Simple parure.
Chèvre-feuille, Étroits liens ou liens d'amour.
Chrysanthème; voir *Fleur dorée*.
Ciguë, Tyrannie.
Circée, Sortilége.
Ciste, Nulle jalousie.
Citronnelle, Plaisanterie, souvenirs passagers.
Citronnier, Correspondance.
Citrouille, Grosseur.
Clandestine, Crainte.

CLÉMATITE, Pauvreté.
CLOCHETTE, Caquetage.
COLCHIQUE, Les beaux jours sont passés.
CONVOLVULUS DE-NUIT, Crime.
COQUELICOT, Ignorance, reconnaissance, répit.
COQUELOURDE, Être sans prétention.
COQUERET, Erreur.
CORBEILLE D'OR ou ALYSSE, Guérison.
CORIANDRE, Mérite caché.
CORMIER, Prudence.
CORNOUILLER SAUVAGE, Durée.
CORONILLE, Luxure.
COUDRIER ou NOISETIER, Réconciliation.
COURONNE IMPÉRIALE, Majesté, fierté sans
  douceur.
COURONNE DE ROSE, Fille vertueuse.
CRAPAUDINE, Laideur.
CRÊTE DE COQ, Vigilance.
CROIX DE JÉRUSALEM OU DE MALTE, Zèle ardent.
CUPIDONE, Malice.
CUSCUTE, Usure.
CYPRÈS, Mort, deuil, regrets.

D.

DATURE; voir *Stramonium.*
DELPHINIUM; voir *Pied-d'alouette.*
DENT-DE-LION; voir *Pissenlit.*
DIANELLE ou REINE DES BOIS, Chasse.
DICTAME, Naissance, enfantement.
DIGITALE POURPRÉE, Demander justice.

Doronic, Agilité.
Double-feuille ou Ophrys-bifolia, Rapprochement, consolation dans l'affliction.
Douce amère, Vérité.

E.

Ebénier, Funeste présage.
Eglantier ou sa fleur, Poésie, amour malheureux.
Ellébore, Recouvrer la raison.
Enothère a grandes fleurs, Inconstance.
Ephémérine de Virginie, Plaisir passager.
Epine noire, Difficulté.
Epine rose, Flèche d'amour.
Epine-vinette, Aigreur.
Epis de blé, Abondance.
Epis, Agriculture.
Erable, Réserve.

F.

Férule, Punition.
Feuilles mortes, Dépérissement.
Feuille de chêne, Force.
Feuille de bruyère, Humilité.
Feuillé de rose, On sera reçu.
Ficoide cristallin, Froideur.
Flambe; voir *Iris-flambe*.
Fleur du ciel, ou Tremelle nostoc, Sagesse.
Fleur dorée ou Chrysanthème, Souvenir de l'enfance.

FLEUR DE PAON, ou POINCILLADE, Vanité.
FLEUR DU PARNASSE ou PARNASSIE, Génie.
FLEUR DE PASSION ou GRENADILLE, Croyance.
FLEUR DE PÊCHER, Constance.
FLEUR D'UN JOUR ou HÉMÉROCALE FAUVE, Faveur.
FLEUR D'ORANGER, Virginité, chasteté.
FOUGÈRE, Sincérité.
FRAXINELLE, Lumière.
FRÊNE, Obéissance.
FRITILLAIRE A DAMIER, Jeu.
FUMETERRE, Fiel; Symbole de la crainte.
FUSAIN, Dessin.

G.

GALLIUM; voir *Caille-lait*.
GALANTINE; voir *Perce-neige*.
GALÉGA, Raison.
GARANCE, Calomnie.
GATILLIER ou AGNUS-CASTUS, Purification.
GAZON; voir *Herbe*.
GENÊT, Persévérance.
GÉNÉVRIER COMMUN, Offrir un asile.
GENTIANE JAUNE, Ingratitude.
GÉRANIUM; voir *Bec de grue*.
GESSE ODORANTE; voir *Pois de senteur*.
GIROFLÉE DES JARDINS ou VIOLIER, Beauté durable.
GIROFLÉE DES MURAILLES, Jeter des fleurs sur l'infortune.

GRATERON, Rudesse.
GRENADE (*fruit*), Union.
GRENADIER (FLEUR DE), Amitié parfaite.
GRENADILLE ; voir *Fleur de passion.*
GUI, Parasite.
GUIMAUVE, Bienfaisance.
GUITARIN, Mélodie.
GUIRLANDE DE FLEURS, Chaîne d'amour.
GUIRLANDE DE FEUILLES, Chaîne d'amitié.
GUIRLANDE DE DICTAME, DE ROSES, DE SOUCIS
ET DE CYPRÈS, Chaîne de la vie.

H.

HÉLIANTHE ; voir *Soleil.*
HÉLIANTHE A GRANDES FLEURS; voir *Tournesol.*
HÉLIOTROPE, Je vous aime, plus que moi-
même.
HÉMÉROCALE FAUVE ; voir *Fleur d'un jour.*
HERBE, GAZON, Utilité.
HÊTRE, Grandeur.
HORTENSIA, Adoption.
HOUBLON, Injustice.
HOUX, Prévoyance.
HYACINTHE ou JACINTHE, Donner la mort à ce
qu'on aime.

I.

IBÉRIDE DE PERSE, Indifférence.
IF, Tristesse.

Immortelle, A jamais, constance durable.
Impériale, Ambition démesurée.
Iris, Heureux message, raccommodement.
Iris-flambe, Flamme bien vive.
Ivraie, Vice, inconduite.
Ixia ou Ixie, Violation.

J.

Jacinthe; voir *Hyacinthe*.
Jasmin blanc commun, Amabilité, candeur.
Jasmin d'Espagne à grandes fleurs, Sensualité.
Jasmin jaune, Première langueur d'amour, volupté.
Jasmin rouge de Virginie, Séparation.
Jonc, Docilité.
Jonquille, Désir.
Joubarbe, Vouloir vivre dans l'avenir.
Julienne, Fausseté.
Jusquiame, Défaut.

K.

Ketmie des jardins, Persuasion.

L.

Lauréole; voir *Bois gentil*.
Laurier franc, Gloire, triomphe.
Laurier rose odorant, Beauté et bonté.
Laurier-thym, Mourir si on est négligé.

Laurier-amandier, Perfidie.
Lavande, Parler.
Lierre, Amitié; — Je meurs où je m'attache.
Lilas, Premières émotions d'amour.
Lilas blanc, Abandon.
Lin, Apprécier un bienfait.
Lis commun, Pureté, grandeur.
Liseron tricolore; voir *Belle de jour*.
Liseron des haies, Entêtement.
Lobélie longiflore; voir *Quibey*.
Lotus ou Lotos, Éloquence.
Luzerne, Vie.

M.

Mandragore, Rareté.
Marguerite (reine), Variété.
Marguerite (petite) ou Paquerette, Âge
  heureux (1).
Marguerite blanche, J'y songerai.
Marguerite double, Réciprocité.
Marjolaine, Plaisirs champêtres; — Soyons
  heureux puisque Vénus nous protége.
Marronier d'inde, Luxe.
Matricaire (l'éblouissante), Réunion.
Mauve, Douceur.
Mélèze, Audace.
Ménianthe, Calme.

---

(1) La Marguerite des prés annonce l'hiver, fleur de tristesse.

Menthe, Jalousie.
Mercuriale, Amour du bien.
Mignardise, Enfantillage.
Millepertuis, Oubli.
Miroir de Vénus, Flatterie.
Momodique piquante, Critique.
Mouron, Rendez-vous.
Mousse, Amour maternel.
Mufle de veau, Grossièreté.
Muguet, Fatuité.
Murier, Prodige.
Myosote ou Myosotis, Ne m'oubliez-pas, souvenez-vous de moi.
Myrte, Tout amour.
Myrtille, Trahison.

N.

Narcisse, N'aimer que soi, faux amour.
Nerprun, Portrait ou peinture.
Nez-coupé ou Staphylier, Espérance trompée.
Nivéole printanière, Premier regard d'amour.
Noisetier; voir *Coudrier*.

O.

OEillet blanc, Pureté de sentiment.
OEillet de Chine, Aversion.
OEillet jaune, Dédain.

OEillet mignardise ; voir *Mignardise.*

OEillet panaché, Refus.

OEillet de poete, Talent ; — Je m'occupe à vous chanter dans la langue des dieux.

OEillet rouge, Énergie.

Olivier, Symbole de la paix.

Ophrys ; voir *Double-feuille.*

Ophrys-homme, Supplice.

Ophrys-araignée, Adresse.

Ophrys-mouche, Importunité.

Oranger, Générosité.

Oreille-d'ours ou Primevère auricule, Guet-à-pens ; — On cherche à vous séduire par de beaux discours.

Orme ou Ormeau, Propagation.

Ornithogale ; voir *Belle de onze heures.*

Ortie, Cruauté.

Osier, Franchise.

Osmonde, Rêverie.

P.

Palme, Victoire.

Paquerette ; voir *Marguerite (petite).*

Pariétaire, Ostentation.

Parnassie ; voir *Fleur du Parnasse.*

Patience, Patience.

Pavot, Sommeil, repos, calme de l'âme.

Pêcher, Silence.

Pensée, Vous occupez ma pensée ; souvenir.

Perce-neige ou Galantine, Consolation.

PERVENCHE, Doux souvenir, amitié pour la vie.
PERSIL, Festin.
PEUPLIER, Courage.
PIED-D'ALOUETTE ou DAUPHINELLE, Légèreté.
PIED DE VEAU; voir *Arum maculé*.
PIN, Hardiesse.
PISSENLIT ou DENT DE LION, Oracle.
PIVOINE, Annonce le rouge de la honte.
PLANTAIN, Être dupe.
PLATANE, Protection.
POINCILLADE; voir *Fleur de Paon*.
POIS DE SENTEUR ou GESSE ODORANTE, Plaisirs
   délicats.
POMME D'AMOUR, Discorde.
POMME (FRUIT), Désobéissance.
POMMIER (FLEUR DE), Repentir.
POURPIER, Sentiments intéressés.
PRIMEVÈRE, Jeunesse, désirs d'amour.
PRIMEVÈRE AURICULE; voir *Oreille d'ours*.
PRUNIER, Tenez vos promesses.
PYRAMIDALE, Constance.

Q.

QUIBEY (1) ou LOBÉLIE LONGIFLORE. Hypo-
   crisie.

---

(1) Plante vénimeuse de quelques îles de l'Amérique;
elle est mortelle pour les animaux; sa feuille est piquante,
et ses fleurs ressemblent à la violette.

R.

RAMEAU. *Les arbres et les arbrisseaux sont représentés dans ce langage par un de leurs rameaux.*

RAQUETTE, Exercice.

REINE DES PRÉS OU ULMAIRE, Autorité.

REINE DES BOIS ; voir *Dianelle.*

RENONCULE, Beauté sans qualités.

RENONCULE DOUBLE, Impuissance.

RENONCULE SCÉLÉRATE, Corruption, impatience.

RÉSÉDA, Plus de qualités que de charmes; bonheur d'un instant.

ROMARIN, Vous me ranimez.

RONCES, Stérilité.

ROSE COMMUNE ÉPANOUIE, Beauté.

ROSE COMMUNE UNIE AU LIS, Fraîcheur.

ROSE BLANCHE, Beauté innocente.

ROSE BLANCHE DESSÉCHÉE, Vœu de chasteté.

ROSE A CENT FEUILLES, Grâce.

ROSE CAPUCINE, Éclat.

ROSE INCARNATE, Santé.

ROSE COUVERTE DE FEUILLES, Charmes voilés.

ROSE JAUNE, Infidélité.

ROSE DE MAI, Précocité.

ROSE MOUSSEUSE, Vous faites mes délices.

ROSE MUSQUÉE, Beauté capricieuse.

ROSE POMPON, Gentillesse, image de la beauté brillante et passagère.

ROSE ROUGE, Soulèvement.

Rose des quatre saisons, Les grâces suivent tous les âges.

Rose trémière, Famille.

Rose simple, Simplicité.

Rose sauvage, Perfection de toute chose.

Rose en bouton, Cœur qui n'est pas encore ouvert à l'amour.

Rose sans épines, Cesser de se défendre.

Roseau fleuri, Souplesse, courtisan.

Roseau sec plumeux, Indiscrétion.

Roseaux, Musique.

Rosier environné de gazon, Il y a tout à gagner avec la bonne compagnie.

Rue sauvage, Je vous suivrai partout.

S.

Safran, Ne pas abuser.

Sainfoin oscillant, Agitation.

Salicaire, Prétention.

Sapin, Fortune.

Sardonie, Ironie.

Sauge (petite), Estime.

Saule, Vieillesse vigoureuse.

Saule pleureur, Larmes, mélancolie.

Scabieuse noire-pourpre; voir *Veuve*.

Sceau de Salomon, Garder le secret.

Scysembries (1), Symbole de l'être qui veut

---

(1) Les Scysembries naissent dans les vallées incultes.

se nourrir dans la solitude d'un sentiment
tendre qui l'occupe entièrement.

SÉNEVÉ, Fécondité.

SENSITIVE, Extrême sensibilité, mais secrète
et profonde.

SERINGA ou SYRINGA, Amour fraternel, ivresse
d'une passion qui charme uniquement, mais
dont les plaisirs ne sont que chimériques.

SERPENTAIRE, Envie.

SERPOLET, Etourderie.

SISTRE, Sûreté.

SOLEIL ou HÉLIANTHE, Orgueil.

SOUCI, Chagrin, inquiétude, tourment.

SOUCI PLUVIATILE, Présage.

SOUCIS SUR LE COEUR, Jalousie.

SOUCI UNI AU CYPRÈS, Désespoir.

STAPHYLIER; voir *Nez-coupé*.

STALICÉE, Retenir.

STAMOINIUM COMMUN ou DATURA, Artifice.

SUREAU, Contraste.

T.

TAMIER ou TAMINIER COMMUN, Besoin d'un
appui.

THLASPI, Assurance.

THUYA ou ARBRE DE VIE, Vieillesse.

THYM, Activité.

TILLEUL, Amour conjugal.

TOQUE, Sympathie.

TOURNESOL ou HÉLIANTHE A GRANDES FLEURS,

Caméléon politique ; — Mes yeux ne sont tournés que vers vous.

TREMELLE NOSTOC ; voir *Fleur du Ciel*.

TROÈNE, Guerre.

TUBÉREUSE, Volupté.

TULIPE, Déclaration d'amour.

TUSSILAGE ODORANT, On vous rendra justice.

U. V.

ULMAIRE ; voir *Reine des prés*.

VALÉRIANE ROUGE, Facilité.

VERGE D'OR, Réprimander avec sagesse.

VÉRONIQUE, Ressemblance.

VERVEINE, Superstition.

VEUVE OU SCABIEUSE NOIR-POURPRE, Veuvage.

VIGNE, Ivresse.

VIOLETTE SIMPLE, Modestie, nature et amitié.

VIOLETTE BLANCHE, Candeur.

VIOLETTE DOUBLE, Symbole d'une amitié réciproque.

VIOLIER ; voir *Giroflée*.

X. Y. Z.

XIMÉNÈSE, Attente.

XOCOXOCHILT, Je brûle (1).

____

(1). Arbre semblable au laurier des Magellans, et qui produit ce que les Espagnols appelle *Poivre de Tabasco*.

Xylosteum ; voir *Chèvre-feuille*.
Yeuse, Gémir.
Zérumbeth ; Artifice (1).
Zénnia, Précaution.

---

(1) Cette plante se trouve abondamment dans les forêts humides et le long des ruisseaux, dans l'île de St-Vincent, vers l'endroit que les Caraïbes appellent *Olaiou*.

SYMBOLE DES ANIMAUX.

L'Abeille, Symbole du travail.
L'Agneau, — de la douceur.
L'Aigle, — de la vélocité, de l'empire.
L'Alcyon, — de la constance.
L'Alouette, — de la sublimité.
L'Ane, — de la stupidité.
L'Araignée, — de l'habilité à broder.
Le Basilic, — d'un regard séduisant.
La Belette, — de la vivacité.
La Biche, — de la crainte.
Le Bœuf, — de l'agriculture.
Le Bouc, — de la grossièreté.
La Caille, — du courage.
Le Caméléon, — d'un esprit volage et léger.
Le Castor, — de l'industrie.
Le Cerf, — de la légèreté.
Le Chameau, — de la sobriété.
Le Chardonneret, — de l'envie.
Le Chat, — de la trahison, de la liberté.
La Chauve-souris, — du mépris.
Le Cheval, — de l'empire.
Le Chien, — de la fidélité.
La Chouette, — de la perfidie, de la trahison.
La Cigale, — de la mauvaise poësie.

La Cigogne, Symbole de la piété.
Le Cochon, — de la fécondité.
Le Colibri, — de la frivolité.
La Colombe, — de la simplicité.
Le Coq, — de la vigilance.
Le Corbeau, — d'un mauvais augure.
La Corneille, — de la foi conjugale.
Le Coucou, — de l'ignominie.
Le Cygne, — des bons poëtes.
Le Daim, — de la timidité.
Le Dauphin, — de l'amitié.
Le Dindon, — de la colère.
L'Écrevisse, de la prudence.
L'Écureuil, — de l'adresse.
L'Éléphant, — de l'éternité.
L'Épervier, — de l'oppression.
La Fauvette, — de la douceur.
La Fourmi, — de la prévoyance.
La Fourmi-lion, — de la patience.
Le Geai, — de la fierté.
La Grenouille, — de la vanité.
Le Hibou, — de la sagesse.
L'Hirondelle, — de la constance.
La Huppe, — d'un funeste présage.
L'Insecte, — du mérite caché.
Le Lézard, — de la solitude.
Le Lièvre, — de la peur.
Le Lion, — de la valeur.
Le Loup, — de l'emportement.
Le Lynx, — d'une vue perçante.
La Marmotte, — de l'abjection.

Le Merle , Symbole de la joie.
Le Moineau, — d'un hôte importun.
Le Mulet, — de l'obstination.
Le Nigault, — de la niaiserie.
L'Oie, — de la surveillance.
L'Ours, — de la férocité.
L'Outarde, — d'un esprit remuant.
Le Paon, — de l'orgueil.
Le Papillon, — de l'inconstance.
Le Paresseux, — de la lâcheté.
Le Pélican, — de la tendresse maternelle.
La Perdrix, — de la vertu opprimée.
Le Perroquet, — de l'indiscrétion.
Le Phénix, — d'un génie sublime.
Le Pic, — d'un amour contrarié.
La Pie, — du bavardage.
La Poule, — du cri de douleur.
Le Rat, — du remords.
Le Renard, — de la ruse.
Le Requin, — de la voracité.
Le Rhinocéros, — de l'indocilité.
Le Rossignol, — de la mélodie.
Le Rouge-gorge, — de la confiance.
Le Sanglier, — de la chasse.
Le Serpent, — de la prudence.
La Sangsue, — de l'usure.
Le Singe, — de la raillerie.
La Sirène, — d'une voix enchanteresse.
Le Tigre, — de la cruauté.
La Torpille, — de la calomnie.
La Tortue, — de la paresse, du silence.

Lᴀ Tᴏᴜʀᴛᴇʀᴇʟʟᴇ, Symbole de la concorde matrimoniale.

Lᴀ Vᴀᴄʜᴇ, — de la vie sédentaire.

Lᴇ Vᴀᴍᴘɪʀᴇ, — d'un tyran altéré de sang.

COULEURS SYMBOLISÉES.

Aᴍᴀʀᴀɴᴛʜᴇ, Gloire.

Bʟᴀɴᴄ, Innocence, pureté.

Bʟᴇᴜ, Science.

Bʀᴜɴ, Tristesse, mélancolie.

Cʀᴀᴍᴏɪsɪ, Piété.

Eᴄᴀʀʟᴀᴛᴇ, Prudence.

Fᴀᴜɴᴇ, Défiance.

Gʀɪs, Simplicité.

Iɴᴄᴀʀɴᴀᴛ, Santé.

Jᴀᴜɴᴇ ᴘᴀʟᴇ, Infidélité, trahison.

Jᴀᴜɴᴇ ᴠɪғ, Richesse.

Lɪʟᴀs, Désir.

Nᴏɪʀ, Deuil, douleur.

Pᴇɴsᴇ́ᴇ, Souvenir.

Pᴏᴜʀᴘʀᴇ, Grandeur.

Rᴏsᴇ, Amour.

Rᴏᴜɢᴇ, Ardeur.

Vᴇʀᴛ, Espérance.

Vɪᴏʟᴇᴛ, Amitié.

COULEURS RÉUNIES.

BLANC UNI AU BLEU, Sagesse.
— AU GRIS, Pauvreté.
— A L'INCARNAT, Élévation.
— AU JAUNE PALE, Passion.
— AU JAUNE VIF, Suffisance.
— AU NOIR, Persévérance.
— AU POURPRE, Bonnes grâces.
— AU ROUGE, Courage.
— AU VERT, Vertu.
— AU VIOLET, Loyauté.
BLEU UNI AU FAUVE, Patience.
— AU GRIS, Inconstance.
— A L'INCARNAT, Habileté.
— AU NOIR, Fausseté.
— AU ROUGE, Fidélité.
— AU VIOLET, Modération.
GRIS UNI AU FAUVE, Incertitude.
INCARNAT UNI AU FAUVE, Bonheur parfait.
— AU VIOLET, Flatterie.
JAUNE VIF UNI AU BLEU, Jouissance.
— AU GRIS, Envie.
— A L'INCARNAT, Bonheur durable.
— AU NOIR, Dégoût.
— AU VERT, Libéralité
— AU VIOLET, Récompense.

Noir uni au fauve, Maladie.
— au gris, Convalescence.
— a l'incarnat, Austérité.
— au violet, Déloyauté.
Rose uni au blanc, Fraîcheur.
— au bleu, Art.
— au gris, Amour pour la vie.
— au jaune vif, Bon ménage.
— au jaune pale, Faible attachement.
— au noir, Mourir d'amour.
— au violet, Courtoisie.
Rouge uni au fauve, Faiblesse.
— au gris, Ambition.
— au jaune pale, Jalousie.
— au jaune vif, Cupidité.
— au noir, Mécontentement.
— au pourpre, Force.
— au vert, Audace.
— au violet, Dévouement.
Vert uni au bleu, Gaieté, joie.
— au fauve, Dissimulation.
— au gris, Regrets.
— a l'incarnat, Douce attente.
— au noir, Espérance trompée.
Violet uni au fauve, Danger.
— au gris, Confiance.
— au vert, Modestie.

COULEURS

PAR LESQUELLES LES ANCIENS REPRÉSENTAIENT :

LES QUATRE ÉLÉMENTS.	LES QUATRE SAISONS.
ROUGE, le Feu.	VERT, le Printemps.
BLANC, l'Eau.	ROUGE, l'Été.
BLEU, l'Air.	BLEU, l'Automne.
NOIR, la Terre.	NOIR, l'Hiver.

Actuellement je crois nécessaire de donner un exemple de la manière précise et facile dont on peut se faire comprendre dans la langue des fleurs mariée à celle des dieux; c'est-à-dire à la langue poëtique.

Mlle A..., connaissait parfaitement ce langage mystérieux; un soir d'été, mécontente de l'amour, et plus encore de son amant (car elle en était un peu jalouse mais n'en convenait point), posa sur une feuille de papier blanc plusieurs fleurs, les unes unies ensemble, les autres seule à seule, mais séparées par des intervalles. Cet arrangement symétrique apprit à l'amant qu'on lui parlait en vers.

Voici ce qu'il lut, tout aussi couramment
que s'il eût ouvert un livre :

TEXTE ORIGINAL.

1er vers. **Une rose blanche desséchée; Myrte.**
Belle qui veut mourir innocente ; tout amour.

2e — **Rose pompon.**
Beauté brillante et passagère.

3e — **Réséda.**
Bonheur d'un instant.

4e — **Absinthe.**
Amertume.

5e — **Une violette simple.**
Nature et amitié.

6e — **Barbeau bleu ou bluet.**
Pureté de sentiment.

7e — **Baume et laurier franc.**
Vertu, triomphe et gloire.

8e — **Pervenche.**
Amitié de toute la vie.

————

TRADUCTION TRÈS-FIDÈLE.

AIR : *Femmes voulez-vous éprouver.*

Rose blanche desséchée; Myrthe..	1er vers.	Mon cœur desséché par l'amour,
Rose pompon.....................	2e —	Comme la rose passagère,
Réséda..........................	3e —	Du bonheur n'a jouit qu'un jour;
Absinthe........................	4e —	Sa jouissance est trop amère.
Une violette simple.............	5e —	Viens, amitié, guéris mon cœur :
Barbeau bleu ou bluet...........	6e —	Ah! j'aime mieux ta douce flamme;
Baume et laurier franc..........	7e —	Triomphe de l'amour vainqueur
Pervenche.......................	8e —	Et règne seule sur mon âme.

L'amant n'a pas plutôt reçu ces fleurs qu'il court vite chercher une églantine (amour malheureux); il cueille quelques fruits de cyprès (regrets), et apporte l'un et l'autre à sa maîtresse courroucée. Il fait davantage pour obtenir son pardon, il se couronne de marguerites des prés (fleurs de tristesse), et attend en silence, les yeux baissés comme un homme absorbé dans la peine, que son amie veuille du moins s'adoucir un peu. C'est ce qui arrive bientôt. La jeune fille attendrie autant que frappée de la consternation subite ou ces fleurs ont jeté son tendre amant, prend le parti plus doux de le consoler; car la pauvre enfant aimait encore, et son mécontentement contre l'amour était plutôt un dépit amoureux qu'un véritable projet de ne plus aimer. A son tour, pour répondre à son amant, elle va chercher une fleur d'iris (symbole du raccommodement), et la lui présente. Le jeune homme la baise avec transport, part et revient bientôt muni d'une branche d'aubépine (emblème des douces émotions); il dépose entre les mains de son amante cette fleur d'allégresse, qui lui prouve que c'est d'elle seule que dépend toutes les sensations agréables que peut éprouver son cœur.

Je crois, par cet exemple, avoir suffisamment prouvé qu'avec ma grammaire des fleurs, et de l'intelligence, on peut tout exprimer, on peut tout faire entendre. Je ne m'étendrai donc pas davantage sur ce petit ouvrage, que je laisse à mes lecteurs, et surtout lectrices, à perfectionner à leur gré et suivant les circonstances dans lesquelles ils auront occasion de s'en servir.

FIN.

ÉPINAL, IMPRIMERIE DE PELLERIN.